www.ingramcontent.com/pod-product-compliance
Lightning Source LLC
LaVergne TN
LVHW011955070526
838202LV00054B/4931
9788119022168

دو منٹ کی خاموشی
(افسانے)

از:

عاتق شاہ

© Taemeer Publications

Do Minute ki Khamoshi *(Short Stories)*
by: Aatiq Shah
Edition: January '2023
Publisher & Printer:
Taemeer Publications, Hyderabad.

ISBN 978-81-19-02216-8
9 788119 022168

مصنف یا ناشر کی پیشگی اجازت کے بغیر اس کتاب کا کوئی بھی حصہ کسی بھی شکل میں بشمول ویب سائٹ پر اَپ لوڈنگ کے لیے استعمال نہ کیا جائے۔ نیز اس کتاب پر کسی بھی قسم کے تنازع کو نمٹانے کا اختیار صرف حیدرآباد (تلنگانہ) کی عدلیہ کو ہوگا۔

© تعمیر پبلی کیشنز

کتاب	:	**دو منٹ کی خاموشی**
مصنف	:	**عاتق شاہ**
صنف	:	فکشن (افسانے)
ناشر	:	تعمیر پبلی کیشنز (حیدرآباد، انڈیا)
زیر اہتمام	:	تعمیر ویب ڈیولپمنٹ، حیدرآباد
تدوین / تہذیب	:	مکرم نیاز
سالِ اشاعت	:	۲۰۲۳ء
تعداد	:	(پرنٹ آن ڈیمانڈ)
طابع	:	تعمیر پبلی کیشنز، حیدرآباد – ۲۴
صفحات	:	۱۲۶
سرورق ڈیزائن	:	مکرم نیاز

فہرست

خاموشی ہی سے نکلے ہے	ڈاکٹر سید مصطفیٰ کمال	9
گفتگو	عاتق شاہ	11
(۱) استاد		19
(۲) حسین بی کی روٹی		26
(۳) تماشہ		35
(۴) لقمی		42
(۵) دہکتی ہوئی انگیٹھی		50
(۶) قربانی کا بکرا		57
(۷) بس اسٹاپ پر		66

74	(۸)	مٹی کا پل
81	(۹)	ایک پیالی چائے
88	(۱۰)	سلام
94	(۱۱)	میرا گھر
103	(۱۲)	پاس والی گلی
112	(۱۳)	دمڑی کا مرد
119	(۱۴)	دو منٹ کی خاموشی

اپنے چھوٹے بھائی مرحوم ماجد شاہ کے نام

جس کی

جوان چمکیلی مسکراہٹ سے آج بھی میرا دل

روشن ہے

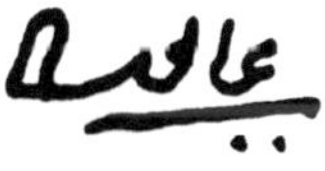

عابدہ

عاتق شاہ

میری اپنی کوئی شناخت نہیں ہے۔ اور نہ میں نے کبھی اس کی کوشش کی۔ اِس پر بھی اگر کسی کو اصرار ہے تو میں یہی کہوں گا کہ میری شناخت میرے اپنے وہ لوگ ہیں جن کے ساتھ میں رہتا بستا ہوں، سانس لیتا ہوں اور جن سے الگ میرا کوئی وجود نہیں ہے اور وہ لوگ ہیں آپ سب۔۔۔

خاموشی ہی سے نکلے ہے جو بات چاہیئے

عاتق شاہ کے افسانوں کا ساتواں مجموعہ "دو منٹ کی خاموشی" شگوفہ پبلیکیشنز کے زیر اہتمام شائع ہو رہا ہے۔ ان کے طنز یہ مضامین کے مجموعہ "انڈین کا جو" سے ہی شگوفہ پبلیکیشنز کی شروعات ہوئی تھی۔ "دو منٹ کی خاموشی" اس ادارہ کی دسویں کتاب ہے۔ "عاتق شاہی اسکیم" کے خالق کو کتابوں کی اشاعت کے سلسلہ میں کسی سہارے کی ضرورت نہیں۔ لیکن یہ محض ادارہ "شگوفہ" سے ان کے لگاؤ، اعتماد اور وابستگی کا نتیجہ ہے کہ وہ سیدھا راستہ چھوڑ کر مجرد گاہ جیسی ادبی عمارت کی تیسری منزل پر آنے کی زحمت گوارا کرتے ہیں۔ اس طرح کی مشکل پسندی انھیں بہت مرغوب ہے اور شاید یہی رویہ ان کے ہر کام کو آسان بناتا ہے!

عاتق شاہ کوئی چالیس سال سے افسانے لکھ رہے ہیں۔ وہ کم سنی ہی میں ارضی و سماوی آفات کا شکار رہے۔ جاگیر دارانہ سماج میں آنکھیں کھولنے کے باوجود بہ انداز چکیدن سرنگوں رہنے کے وہ کبھی قائل نہ رہے۔ حالات کی پروا کئے بغیر ہر طرح کے ظلم واستبداد، جبر اور استحصال کے خلاف انھوں نے آواز بلند کی۔ اور احتجاجی لب ولہجہ اختیار کیا۔ طبیعت کی اس افتاد کی وجہ سے فطری طور پر ترقی پسند تحریک سے قریب ہو گئے۔ ان کا شمار حیدرآباد کے اُن گنے چنے

افسانہ نگاروں میں ہوتا ہے، جنھوں نے ناساعد حالات کے باوجود ترقی پسند ادیب کی حیثیت سے اپنی شناخت کروائی۔ ہمارے ملک کی تاریخ پر نظر ڈالیں تو پتہ چلتا ہے کہ بہمنی، مغل اور اس طرح کی دوسری بڑی سلطنتوں کے زوال کے باوجود بعض وفادار صوبہ داروں نے فوری طور پر اپنی خود مختاری کا اعلان کرنے سے احتراز کیا تھا۔ کچھ یہی حال عاتق شاہ کا ہے۔ ترقی پسند تحریک تقریباً دم توڑ چکی، لیکن عاتق شاہ وفاداری بشرطِ استواری کا نمونہ بنے ہوئے اس تحریک کے اولین لب ولہجہ کو اپنے اظہار کا ذریعہ بنائے ہوئے ہیں۔ یہ لب ولہجہ اب ان کی انفرادیت بن چکا ہے ـــ عاتق شاہ کے لب ولہجہ کا ایک خاص وصف یہ بھی ہے کہ ان کے افسانوں میں طنز کی ایک زیریں لہر دوڑتی نظر آتی ہے جو زندگی کی ناہمواریوں اور بے اعتدالیوں پر افسانہ نگار کی برہمی کا نتیجہ ہے۔ اگر عاتق شاہ کی برہمی کی آنچ مدھم پڑجاتی تو بہ حیثیت افسانہ نگار اُن کا سفر بھی ختم ہوجاتا ـــ زیرِ نظر مجموعہ "دومنٹ کی خاموشی" اِس بات کا ثبوت ہے کہ افسانہ نگار عاتق شاہ تھکنا نہیں جانتے۔ وہ ٹھہر ٹھہر کر حادثات وسانحات کا گہرا مشاہدہ کرتے ہیں اور اس تاثر کو افسانہ کا روپ دیتے ہیں۔ عاتق شاہ بات سے بات نہیں پیدا کرتے بلکہ، خاموشی سے بات پیدا کرتے ہیں۔ اس متضاد کیفیت کی وجہ سے ان کی باتوں میں ایک شور وشرابہ اور تیز لَے پیدا ہوجاتی ہے۔ یہ شور اور تیزی پڑھنے والوں کو دہلا دیتی ہے اور وہ کچھ سوچنے پر مجبور ہوجاتا ہے۔

یہی عاتق شاہ کی کامیابی ہے ـــ!

۲۵۔ دسمبر ۱۹۸۶ء (ڈاکٹر) سید مصطفٰے کمال

گفتگو

"عاتق شاہی اِسکیم" کے تحت شایع ہونے والی میری نئی تصنیف "دو منٹ کی خاموشی" آپ سب کی خدمت میں پیش ہے۔ میں خوش ہوں کہ میرے پڑھنے والوں اور چاہنے والوں نے مجھ پر اعتماد کا اظہار کیا۔ اور پیشگی خریدار بن کر مجھے ایک نیا حوصلہ عطا کیا۔ اس چاہت کے لیے میں انھیں سلام کرتا ہوں ورنہ ہوتا یہی ہے کہ مصنفین کتابیں چھاپ کر بیچتے ہیں، یا بیچنے کی کوشش کرتے ہیں اور میں کتاب بیچ کر چھاپتا ہوں۔ اِس فرق کو محسوس کرنے والے اس حقیقت سے اچھی طرح واقف ہیں کہ یہ اعزاز صرف مجھے ہی حاصل ہے اور اُردو دُنیا میں میری واحد مثال ہے جس کی تصنیف چھپنے سے پہلے بک جاتی ہے۔ میں اِسے اپنا کوئی کارنامہ نہیں سمجھتا بلکہ اس کا سارا کریڈٹ میرے اپنے پڑھنے والوں کو جاتا ہے جو مجھے اپنا سمجھتے ہیں۔

مختلف موقعوں اور مختلف سطحوں پر ادیبوں اور شاعروں نے میری اِسکیم کا مذاق اڑایا بعد میں استحصال کیا۔ اور آخر میں اس کے مُنہ پر کالک مَل دی۔ اِن میں سے کچھ اللہ کو پیارے ہو گئے۔ کچھ پڑوسی ملک کو چلے گئے اور جو باقی بچے تھے دم کھا لی کر سو گئے۔ پوچھے جانے پر انھوں نے بتایا کہ اس میں خیانت کیسی؟ طباعت کے وقت ان کے شعری یا نثری مجموعے کے سارے حرف پتھر یا پلیٹ پر سے اُڑ گئے۔ جواب میں خریدار مسکرائے۔ اور اس مسکراہٹ کا کیا مطلب تھا وہ آپ

بھی جانتے ہیں، میں بھی جانتا ہوں۔ لیکن اس تفصیل سے ایک بات ضرور سامنے آتی ہے کہ عوام اور قاری اچھی کتابیں اور اچھے لٹریچر کے بھوکے ہیں۔ یہ کوئی ڈھکی چھپی بات نہیں ہے۔ ہم سب ہی جانتے ہیں کہ اس وقت حیدرآباد پورے ملک میں اردو کا ایک ایسا مرکز ہے جہاں باہر سے آنے والی ہر اچھی اور بُری کتاب بِک جاتی ہے۔ اگر نہیں بِکتی ہے تو یہاں پر چھپنے والی کتاب ــــ آخر کیوں؟

میری اپنی اسکیم کے قطع نظر میں سمجھتا ہوں کہ اس میں ہم ادیبوں اور شاعروں کا بھی بڑا قصور ہے۔ کتاب پریس سے گھر آنے کے بعد ہم مطمئن ہوجاتے ہیں کہ چلو ایک بڑا کام ہوگیا۔ اور ہماری تخلیق محفوظ ہوگئی۔ حالانکہ اصل کام تو یہیں سے شروع ہوتا ہے۔ اس غفلت کی وجہ سے کتاب کا سفر ختم ہوجاتا ہے اس کے ذمہ دار ہمارے وہ اَدبی ادارے ہیں جو اس طرف توجہ نہیں دیتے۔ اگر وہ اِس پروجکٹ کو ہاتھ میں لیں تو کوئی وجہ نہیں کہ کتاب دُور دُور تک لوگوں کے ہاتھوں میں نہ پہنچے۔

لیکن ایک سوال بار بار میرے ذہن کو پریشان کرتا رہتا ہے کہ اُردو پڑھنے والوں کی اِس رہی سہی اور بچی کُچی نسل کے بعد کون اِن کی جگہ لے گا؟ اور کون اُردو کتابوں کو پڑھے گا؟ سامنے دیکھئے تو اندھیرا ہی اندھیرا ہے۔ مگر اُردو کی رُوٹی کھانے والے اُردو کے نام نہاد قائدین اُردو کی موٹروں میں تشریف لاکر بڑے بڑے جلسے اور سمینار منعقد کرتے ہیں۔ اور اُردو کے پنکھوں کے نیچے بیٹھ کر ریزولیشنس پاس کرتے ہیں کہ اُردو کو اُس کا جائز مقام ملنا چاہیئے۔ لیکن خود اُردو کے لیے کچھ نہیں کرتے۔ یہاں تک کہ ان کی اولاد بھی اُردو سے واقف نہیں۔ کردار کا یہ تضاد ہوسکتا ہے کہ سماجی مفکر کی نظر میں ایک زوال آمادہ معاشرے کی نشانی ہو۔ لیکن زبانوں کی تاریخ میں یہ پہلی مثال ہے کہ کسی زبان کے بولنے والے خود اپنی زبان کا ہزاروں اور لاکھوں روپیہ بغیر کسی ڈکار کے ہضم کرتے جائیں۔ اور زبان کو بے بسی اور بے کسی

کے عالم میں سڑکوں اور گلی کوچوں میں چھوڑ دیں۔ یہ محترم قاتلینِ اردو زبان کے وہ مجرم ہیں جنھیں گرفتار کر کے اُردو کی عوامی عدالتوں کے کٹہرے میں لانا چاہیئے اور اُن پر مقدمہ چلانا چاہیئے۔ اور خود اُن سے پوچھنا چاہیئے کہ اِس شرمناک جرم کی انھیں کیا سزا دی جائے؟

وقت کا یہ ایک بڑا چیلنج ہے جسے اُردو عوام کو قبول کرنا چاہیئے۔ اس کے سوا اور کوئی راستہ نہیں کہ وہ متحد ہو کر اُٹھ کھڑے ہوں۔ ساری نام نہاد لیڈرشِپ کو ردّ کر کے خود اپنے رہنما بن جائیں۔ ضلع ضلع، گاؤں گاؤں اور محلہ محلہ اپنی انجمنیں اور سوسائیٹیاں بنائیں اور اپنے مسائل کو حل کریں۔ خواہ وہ تعلیمی سطح پر ہوں، یا معاشی اور ادبی سطح پر رقیب رُوسیاہ سے روائتی جھگڑے کو کون روکتا ہے۔ لیکن کیا کوئی ایسی ترکیب نہیں ہے کہ رقیب بھی اپنا دوست بن جائے۔ ویسے اردو غزل میں کیا نہیں ہوتا۔ مگر دوست کو کسی صورت بھی رقیب نہیں بنانا چاہیئے۔ خطرہ یہیں سے شروع ہوتا ہے۔

اِس کے علاوہ آج کل اُردو زبان میں بڑے جیّد قسم کے ممتاز ادیب اور شاعر پیدا ہورہے ہیں۔ متوسط اور کم درجہ کا کوئی پیدا ہی نہیں ہوتا۔ پھر دیکھتے ہی دیکھتے یہ سب کے سب برصغیر کے ممتاز افسانہ نگار یا شاعر بن جاتے ہیں۔ اور پھر ایک منزل ایسی بھی آتی ہے جب انھیں اُردو کے عظیم شاعر اور افسانہ نگار کے ٹائیٹل سے پکارا جاتا ہے یہ ایک بڑی خوفناک صورتِ حال ہے جس سے یہ غریب زبان دوچار ہے۔ اِسے کوئی ادیبوں یا شاعروں کا فرسٹریشن کہہ لے یا کچھ اور۔ لیکن حقیقت یہ ہے کہ — جب کسی قوم پر تباہی آتی ہے تو اُس زبان کے لکھنے والے ذہنی کرائسس کا شکار ہوجاتے ہیں۔ اور اُن کے سوچنے سمجھنے کی صلاحیت سلب ہوجاتی ہے۔ یہ کسی بھی زبان اور کلچر کی بقا کے لیے بڑا خطرہ ہے۔ اس تعلق سے میں اپنے عزیز جواں سال دوست سید عبدالقدوس، ایڈوکیٹ کے اس خیال سے پوری طرح متفق ہوں کہ آج کل ایک "بونا کلچر" پیدا ہورہا ہے جو بڑی تیزی سے پھیل رہا ہے۔

سچ پوچھئے تو یہ بونا کلچر پچھلے کئی دہوں سے ہماری سماجی، تہذیبی اور ادبی زندگی کی تہوں میں دبا ہوا اپنا زہر پھیلاتا رہا۔ اور اب یہ زہر اُبھر کر زخم کی شکل میں جسم کی اوپری سطح پر آگیا ہے تو کون سی حیرانی کی بات ہے۔ اس کا سب سے بڑا اثر نقادوں پر پڑا۔ اس کا نتیجہ یہ ہوا کہ اُردو میں حالی اور ان کے ہم عصروں کے بعد کوئی نقاد ایسا نظر نہیں آتا جو ایماندار ہے۔ دو چار کو چھوڑتے ہوئے باقی سب کے سب، کسی نہ کسی مصلحت کا شکار ہیں۔ کسی کی زنبیل میں ایک یا ڈیڑھ افسانہ نگار پڑا ہے تو کسی کی زنبیل میں ایک آدھ شاعر۔ باقی سب اپنی اپنی زنبیلوں کو خالی لیے پھر رہے ہیں۔ کیوں کہ ان کے خیال کے مطابق اردو ادب میں تخلیقی عمل رُک گیا ہے۔ زیادہ سے زیادہ اُن کی نظریں مغربی ادب تک جاکر رُک جاتی ہیں۔ اور اس کے بعد ہوتا یہ ہے کہ وہاں کے ادیبوں اور شاعروں کو سامنے رکھ کر یہاں کے لکھنے والوں کے بارے میں اظہار خیال کیا جاتا ہے، جب کہ اُن کی جڑیں یہاں کی زمین میں پیوست ہیں۔ اِس مقام سے جو نقاد ذرا آگے کی طرف بڑھ جاتا ہے وہ ایک رٹے ہوئے طوطے کی طرح سوشلسٹ ممالک کے اُن فن کاروں کی مثال بار بار اس طرح دیتا ہے جیسے اس کے اُن سے بڑے ذاتی قسم کے تعلقات رہے ہوں یا پچھلے جنم میں اُس نے خود بہ نفسِ نفیس انقلاب کا مشاہدہ کیا ہو۔ بہرحال اردو تنقید برسہا برس سے ایک مصنوعی فضا میں سانس لیتی ہوئی آئی ہے۔ آزادی کے بعد سے اب تک یہ پَل کر جوان ہو چکی ہے۔ غلامانہ ذہنیت اب تک دماغوں سے نہیں گئی۔ یہی وجہ ہے کہ باہر سے آنے والے ہر معمولی قسم کے ادیب اور شاعر کو دونوں ہاتھ باندھ کر سُنا جاتا ہے اور اس کے ہر شعر اور فقرے پر واہ واہ کی جاتی ہے۔ ایسا نہیں ہے کہ ہمارا نقاد بھی اِسی غلامانہ ذہن کا شکار ہے۔ حقیقت یہ ہے کہ ہندوستان کی تمام زبانوں میں سب سے باخبر اور چالاک اردو کا نقاد ہوتا ہے۔ سب کچھ جانتے ہوئے بھی وہ سچ نہیں بولتا۔ کیوں کہ اس سے اس کی دُکان بند ہو جاتی ہے اور اس خالی دکان میں ہر قسم کے گُٹے کا کام ہوتا ہے۔ گُٹہ داری خواہ وہ ادبی سطح پہ ہو یا کسی اور سطح پر ایک منافع بخش کام ہے۔ اُردو کا نقاد اِس

گُر سے واقف ہے۔ لہٰذا وہ بڑی ہوشیاری سے فن کاروں کو اپنی گرفت میں رکھتا ہے تاکہ وہ اس کے پیچھے پیچھے آئیں۔ اور وہ حسبِ ضرورت اُن کی تائید میں سرٹیفیکٹس اور فتوے جاری کر سکے۔ صوبائی سطح پر فتوے جاری کرنے والے کم و بیش تمام نقادوں میں ایک خاص قسم کی سُوجھ بُوجھ ہوتی ہے جو انھیں ایک دوسرے کے قریب کر دیتی ہے۔ اور آج کل یہ کاروبار خاموش انداز میں بڑے زوروں پر چل رہا ہے اور اب نوبت یہاں تک آ پہنچی ہے کہ آپ میرے سالے کو انعام دِلوائیں۔ میں آپ کے بہنوی کو ایوارڈ دِلواتا ہوں۔ کیا خوب سودا نقد ہے والا معاملہ ہے۔ لیکن المیہ یہ ہے کہ اُردو کا قاری اِس سے واقف نہیں۔ اردو صحافت سے درخواست ہے کہ وہ اس کا نوٹ لے۔ اور ان بے ایمان نقادوں کے چہروں پر سے نقاب اٹھائے۔ یہی نہیں بلکہ ادب میں اس گٹھ دارانہ نظام کو ختم کروا کے ادیبوں اور شاعروں کو ان کے شکنجے سے آزاد کرائے۔ کیوں کہ فن کار خواہ وہ کسی زبان کا ہو زبان کے لیے "ریڑھ کی ہڈی" کی حیثیت رکھتا ہے اور جب ریڑھ کی ہڈی کمزور پڑ جاتی ہے تو جسم کا سارا اعصابی نظام درہم برہم ہو جاتا ہے کسی صورت میں ان دونوں کو ایک دوسرے سے علٰحدہ کر کے نہیں دیکھا جا سکتا۔

بھلا تنقید سے کون انکار کر سکتا ہے۔ لیکن تنقید اتنا آسان اور سہل کام نہیں ہے۔ اِس میں جی کو جلانا اور دِل کا خون کرنا پڑتا ہے۔ فن کار کو اپنے پیچھے بُلانے کی بجائے اُس کے پیچھے پیچھے جانا پڑتا ہے اور اُن تمام گلی کوچوں، سڑکوں اور تاریک راستوں پر سے گزرنا پڑتا ہے۔ جہاں جہاں سے فن کار گزرا۔ تب کہیں جا کر تنقید ایک تخلیقی عمل بن جاتی ہے۔

اِس گفتگو کے پس منظر میں یقیناً آپ چاہیں گے کہ میں خود اپنے بارے میں کچھ عرض کروں۔ لیکن میں کیا عرض کر سکتا ہوں۔ میں تو ایک کھُلی ہوئی کتاب ہوں جسے آپ یا کوئی اور بھی پڑھ سکتا ہے۔ ویسے میری اپنی کوئی شناخت

نہیں ہے اور نہ میں نے کبھی اس کی کوشش کی۔ اس پر بھی اگر کسی کو اصرار ہے تو میں یہی کہوں گا کہ میری شناخت میرے اپنے وہ لوگ جن کے ساتھ میں رہتا بستا ہوں، سانس لیتا ہوں اور جن سے الگ میرا کوئی وجود نہیں ہے اور وہ لوگ ہیں آپ سب۔ رہ گئی کہانیوں کی بات تو آپ انھیں آل انڈیا ریڈیو حیدرآباد سے سن چکے ہیں۔ اور مختلف رسائل میں آپ نے انھیں پڑھا بھی ہے۔ میرا خیال ہے کہ کہانی ایک مسلسل تخلیقی عمل کا نام ہے جو لکھنے والے کے دماغ اور دل میں پرورش پاتی رہتی ہے۔ بالکل ایسے ہی جیسے ماں کی کوکھ میں بچہ نشوونما پاتا ہے۔ فرق اتنا ہے کہ بچہ نو مہینے کے بعد تولد ہوتا ہے اور کہانی اس وقت پیدا ہوتی ہے جب دل اور دماغ ایک نقطہ پر مل جائیں۔ ہو سکتا ہے کہ اس کے لیے نو برس بھی لگ جائیں یا نو لمحوں میں ہی یہ جنم پالے۔ بہرحال کہانی کو پٹری اور پرکار کی مدد سے نہیں ناپا جا سکتا اور نہ کسی ایکسرے مشین سے اس کی تہوں میں دوڑتی ہوئی لہر کو دیکھا جا سکتا ہے اور نہ اس کے تجزیے کے لیے کسی کمپیوٹر والی زبان کو استعمال کیا جا سکتا ہے۔

اس کے ساتھ ہی ایک سوال ابھر کر سامنے آتا ہے اور وہ یہ کہ اچھی اور بری کہانی کی پہچان کیا ہے؟ اچھی کہانی وہ ہے جو دلوں کو چھو لے اور پڑھنے والوں کو کچھ سوچنے پر مجبور کرے۔ اور بری کہانی وہ ہوتی ہے جس میں سب کچھ ہوتا ہے۔ اگر کچھ نہیں ہوتا ہے تو وہ روح نہیں ہوتی جو کہانی کے پہلو میں چھپے ہوئے دل کو حرکت میں رکھتی ہے۔ آخر کیوں؟

اس کی صرف ایک ہی وجہ ہے۔ ایسی بے روح تمام کہانیاں بغیر کسی تخلیقی کرب کے وجود میں آتی ہیں۔ کہانی میں اسی وقت حرارت، زندگی اور گرفت پیدا ہوتی ہے جب لکھنے والا اسی کرب، بے چینی اور درد کی کیفیت سے گذرے جیسے کہ بچے کو جنم دیتے وقت ماں گذرتی ہے۔ اگر درد نہ ہو تو میڈیکل سائنس میں اس کا علاج ہے۔ لیکن ادب کی دنیا میں کوئی ایسا انجکشن ایجاد نہیں ہوا جو لکھنے والے کو تخلیقی کرب کی بھٹی میں جھونک دے۔ یہ آگ تو زندگی کی اور حالات کی دین ہوتی ہے جو فن کار کے دل میں روشن رہتی ہے۔ یہ آگ بڑی مقدس ہے جو

فن کار کو کبھی چین سے سونے نہیں دیتی۔ اور ہمیشہ بیدار رکھتی ہے۔

یکم مئی ۱۹۴۸ء میں شایع ہونے والے اپنے پہلے مجموعے "فٹ پاتھ کی شہزادی" میں کہانی کے تعلق سے میں نے تفصیلی اظہارِ خیال کیا تھا۔ اس کا ایک اقتباس خدمت میں پیش ہے۔

"مظلومیت کی آنکھوں میں سہمے ہوئے آنسو مجھ سے کہتے ہیں کہ تو کہانیاں لکھ۔ وہ کہانیاں جو ہمارے سینوں میں دفن ہیں۔ ہماری ان بے رونق اور اُداس آنکھوں میں منجمد ہیں۔ ہمارے ان میلے کچیلے چیتھڑوں میں چھپی ہوئی ہیں —— اور میں لکھتا ہوں۔"

آج بھی میں لکھ رہا ہوں۔ لیکن سچ پوچھئے تو میں لکھتا کہاں ہوں۔ کہانیاں خود اپنے آپ مجھ سے لکھوالیتی ہیں۔ ان چند الفاظ کے ساتھ میں اپنی گیارھویں تصنیف —— "دو منٹ کی خاموشی" کو آپ کی خدمت میں پیش کر رہا ہوں۔ ملاحظہ فرمائیے۔

آخر میں میں، اپنے عزیز دوست اور ساتھی افسانہ نگار اکرام جاوید صدر نشین عاملہ کونسل اردو اکیڈمی آندھرا پردیش اور سکریٹری رڈائرکٹر خلیل الرحمن کا شکر گزار ہوں جنھوں نے میرے مسودے کی اشاعت کے لیے مالی اعانت منظور کی۔

عزیز دوست ڈاکٹر سید مصطفےٰ کمال کا شکریہ مجھے کن الفاظ میں ادا کرنا چاہئے میں نہیں جانتا۔ شروع سے آخر تک انھوں نے دو منٹ کی خاموشی خود پر مسلط کرلی۔ اس لیے حسابِ دوستاں والی بات دل ہی میں رہے تو اچھا ہے۔ میں زبان پر کیوں لاؤں؟

میرے دوست اور کرم فرما محمد منظور احمد نے کتاب کی ترتیب و تزئین کی۔ اور دوسرے دوست آرٹسٹ سعادت علی خاں نے ٹائٹل کی خوب صورتی میں اپنی تخلیقی صلاحیتوں کا ثبوت دیا۔ محمود سلیم نے جس توجہ اور دلچسپی سے اس مجموعے کی کتابت کی اتنی ہی توجہ اور لگن سے کوثر محمد نے اپنے پریس میں اسے چھاپا۔

میں اپنے ان تمام دوستوں کا شکریہ ادا کرتا ہوں۔

اِن کے علاوہ دوستوں کی ایک لمبی فہرست ہے۔ لیکن چند نام ایسے ہیں جنھیں میں بھلا نہیں سکتا۔ ان میں سید رحمت علی (سابق یم پی)، شیخ حیدر، رحمٰن جامی، آغا محمد حسین، یعقوب میراں مجتہدی، ڈاکٹر صمد فاضل، ڈاکٹر مسز اکبر قدیہ زماں اور ڈی۔ پی۔ مترا قابلِ ذکر ہیں۔ یہ وہ شخصیتیں ہیں جنھوں نے عاتق شاہی اسکیم کو آگے بڑھانے میں میرے ہاتھ مضبوط کئے۔

عاتق شاہ

۱۹۔ ڈسمبر ۱۹۸۶ء
"پناہ گاہ"
12-2-126/A/2
مرادنگر۔ حیدرآباد۔

اُستاد

ایک ایک گھنٹہ وہ آئینے کے سامنے بیٹھتا۔
اور اپنی شخصیت کو سنوارنے، بنانے اور ابھارنے کے مختلف
طریقوں پر غور کیا کرتا!

وہ درمیانے قد کا ایک دُبلا پتلا نوجوان تھا۔ اس کا رنگ سانولا اور اس کے گال پچکے ہُوئے تھے۔ پتلی ناک کی ہڈی چہرے پر نمایاں تھی۔ آنکھیں روشن اور بڑی تھیں۔ وہ اپنی آنکھیں چمکا کر آئینے میں خود کو دیکھتا اور پلکیں جھپکا کر۔ یُوں مُسکراتا جیسے وہ، وہ نہیں کوئی اور ہے۔ ابھی تو اس کی شخصیت نامکمل ہے وہ سوچتا "تکمیل تک پہنچنے کے لیے کچھ نہ کچھ وقت لگے گا۔ لیکن اسے اپنی شخصیت کی تکمیل اور ارتقاء کی منازل طے کرنے سے کون روک سکتا ہے؟"

"مجھے اختیار ہے —— میں جو چاہے کرسکتا ہوں! میں —— میں!!"

سب سے پہلے اُس نے اپنے سَر کے بالوں کو یُوں چھوڑ دیا جیسے وہ اس کے جسم کا حصّہ نہیں بلکہ خارجی دُنیا کی کوئی چیز ہیں جن کا اُس سے کوئی تعلق نہیں بال سلیقے سے ترشوانا تو بہت بڑی بات ہے۔ اُس نے قینچی لگانا بھی مناسب نہ سمجھا لہٰذا اس کے بال جنگل کے خود رو پودوں کی طرح بڑھنے لگے اور

اتنے بڑھ گئے کہ کسی تناور درخت کی جٹاؤں کی طرح اس کی گردن پر سے رینگتے ہوئے کندھوں پر جھولنے لگے۔ اسی رفتار سے اُس کے چہرے کی قلمیں بھی بڑھنے لگیں لیکن جب وہ کانوں کے بازو سے گزر کر نیچے ٹھوڑی کی طرف تیزی سے اُترنے لگیں تو اس نے بڑی احتیاط سے اُن کی پیش قدمی روک دی۔ یہ ظاہر کرنے کے لیے کہ ان قلموں کے بڑھنے اور گھٹنے میں اُس کا کوئی عمل دخل نہیں ہے۔ اُس نے بڑے بے نیازانہ انداز میں استرے سے اُنہیں تکون بنا دیا اور وہ بھی اس طرح کہ نظریں ٹک کر رہ جائیں اور دیکھنے والے کا خیال فٹ پاتھ یا کسی گلی کوچے میں اُس تماشہ کرنے والے شخص کی طرف ہو جاتا جس کے کندھے پر سے سانپ نیچے کی طرف رینگتا ہوا آہستہ آہستہ پھن اُٹھانے لگتا ہے۔

جب سائیڈ لاکس کا پھن موٹا ہونے لگا تو لوگ اُسے گھور گھور کر دیکھنے لگے اور وہ مطمئن ہونے لگا کہ اُس کی شخصیت اب قابل توجہ بنتی جا رہی ہے۔

پہلے پہل اُسے دُنیا جہاں کی مخالفتوں کا سامنا کرنا پڑا اور یہ مخالفت اُس کے گھر سے، محلّے سے اور دوستوں سے شروع ہوئی تھی۔ سبھوں نے اُس سے پوچھا تھا۔

"آخر تم اپنا حُلیہ کیوں بگاڑ رہے ہو؟"

"حلیہ؟" وہ قہقہہ لگا کر پوچھتا

یہ حُلیہ کیا ہوتا ہے؟ میں کہتا ہوں ذرا آپ حُلیے کی تعریف تو کریں؟ بھلا بتائیے تو آپ لوگوں کا حُلیہ کیا ہے؟"

وہ کہتا — "یہ دراصل شخصیت کا ایک پہلو ہے۔ ایک شیڈ!؟" اور یہ شخصیت کیا ہوتی ہے؟ اُس کے دوستوں میں سے کوئی پوچھ لیتا۔

تو وہ ایک اور زوردار قہقہہ لگا کر اپنے دونوں ہاتھوں سے سر کے بڑھے

بڑے بالوں کو پیچھے کی طرف لے جاتا اور ایک چبھتی ہوئی مسکراہٹ کے ساتھ کہتا "حیرت ہے آپ حضرات شخصیت کا مطلب نہیں سمجھتے۔ افسوس جو شخصیت کے مطلب اور معنی سے واقف نہیں وہ شخصیت کو سمجھیں گے کیا! اصل بات یہ ہے کہ آپ لوگوں کی اپنی کوئی پرسنیلٹی ہی نہیں۔ آئی ایم سوری ــــ ویری ویری سوری!!"

بعد میں اُس نے اپنے دونوں ہاتھوں کے ناخن بھی بڑھا لیے۔

آخر میں وہ گلی کوچوں اور سڑکوں پر ننگے پیر گھومنے لگا بارش میں اُس کے پیر کیچڑ میں دھنس جاتے اور سخت دھوپ میں جلنے لگتے اور اس کا مقصد یہی تھا کہ زمین کی حرارت اور ٹھنڈک کو محسوس کیا جاسکے۔ جُوتے اور چپّل کا استعمال تو انسان کو زمین سے دُور کر دیتا ہے۔ اِس لیے اُس نے اپنے دو جوڑ... جُوتے اور ایک جوڑ چپّل کو جلا دیا۔ حالانکہ وہ کسی اَور کو دے سکتا تھا لیکن بنیادی طور پر وہ جس بات کو غلط سمجھتا ہے وہ کسی دوسرے کے لیے کیسے صحیح ہوسکتی ہے اور ایسے کتنے لوگ ہیں جو زمین کی سختی اور ملائمت کو محسوس کرتے ہیں یا محسوس کرنا چاہتے ہیں۔ کسی ٹھنڈی سڑک پر سے گزرتے ہوئے وہ سوچتا کہ اب وہ زمین کے کتنے قریب آگیا ہے اور جب اُس کے قدم کسی گندی نالی کے بہتے ہوئے پانی پر پڑ جاتے تو وہ خوش ہوتا اور تلوؤں سے اس کی ٹھنڈک کو محسوس کرتا ہوا اندر ہی اندر بڑبڑاتا ــــ

ہاؤ پلیزنگ ــــ ونڈرفل!

انگریزی بولنا اُس کی ہابی تھی اور انگریزی میں بڑبڑاتا یا غصّہ میں آنا اُس کی خصوصیت تھی ــــ

ویسے لگاتار بی۔ اے میں وہ دو سال فیل ہوا۔ تیسرے سال تھرڈ ڈویژن میں اُس نے امتحان پاس کیا اور اس کے کہنے کے مطابق کالج کے لکچرار اور

پرنسپال نے اس کے خلاف اجتماعی سازش کی تھی تاکہ وہ یونیورسٹی میں داخل ہو کر کسی بڑے انقلاب کا محرک نہ بن سکے۔ لیکن اس سے کیا ہوتا ہے۔ وہ یونیورسٹی سے باہر رہ کر بھی انقلاب لا سکتا ہے۔ وہ نئی نسل کو بتائے گا کہ پہلے کے لوگ فراڈ ہیں جو چہروں پر بزرگی کا نقاب ڈال کر چھوٹوں کو دھوکہ دیتے تھے اور ان کی شخصیت اور ذہانت کو آگے بڑھنے سے روکتے تھے۔

اتفاق سے بی۔اے میں اس کے اختیاری مضامین میں ایک مضمون اُردو ادب بھی تھا اس لیے ادیبوں اور شاعروں کے بارے میں اظہارِ خیال وہ اپنا فرض سمجھتا تھا۔ شاعروں میں میرؔ، غالبؔ سے لے کر فیضؔ اور فراقؔ تک کو وہ تیسرے درجے کا شاعر کہتا تھا اور اس کے خیال میں اردو میں کوئی فن کار پیدا ہی نہیں ہوا تھا سب گھسے پٹے ریکارڈ نغمے جو بج رہے تھے۔ اپنے آپ کو دہرا رہے تھے —— سب پرانی صدیوں کی پرانی باتیں کر رہے تھے۔ انگریزی میں شیکسپیرؔ اور کیٹس سے لے کر برنارڈ شا تک کے بارے میں اس کی یہی رائے تھی۔ آخر کوئی تو نئی بات کرے ——

نئی بات —— وہ کہتا۔ مثلاً ڈونگ ڈانگ کے مشہور ادیب تن چاؤ لانگ یسان کو لیجئے۔ ہر کہانی میں وہ ایک نیا خیال پیش کرتا ہے۔ آپ نے اُس کی تازہ کہانی میاؤں، میاؤں پڑھی —— واہ جواب نہیں اس کا —— عالمی ادب میں اس کہانی کو رکھا جا سکتا ہے۔ کہتا ہے گھوڑے بھونک رہے تھے، کتے ہنہنا رہے تھے۔ شیر مرغوں کی طرح بانگ دے رہے تھے ککڑ کوں ـــ کوں —— چیونٹیاں چنگھاڑ رہی تھیں اور ہاتھی بھاگ رہے تھے بلی کی طرح میاؤں میاؤں کرتے ہوئے علامت نگاری کی کوئی ایسی مثال تو پیش کرے!!

وہ ہمیشہ نئی بات پر اصرار کرتا اور نئی بات کہنے کے شوق میں اپنوں سے

دُور ہوتا گیا، اُس کے ماں باپ اور بہنوں نے آخر میں اُسے اللہ کے نام پر چھوڑ دیا۔ احباب اُسے دیکھ کر کترا تے اور صرف کبھی کبھی اُسے تعزیع کی شئے سمجھ کر اُس سے بات کرلیتے۔

وہ مہینوں نہاتا بھی نہیں تھا۔ اگر وہ قریب سے گزر جاتا تو پسینے کی کھٹی بُو کا بھبکا فضا میں پھیل جاتا اور یوں اُسے دیکھے بغیر لوگوں کو پتہ چل جاتا کہ وہ ابھی ابھی اِدھر سے گزرا ہے۔

میلے چیکٹ کپڑے پہنے ننگے پیر نہ جانے وہ شہر کی کن کن سڑکوں اور گلی کوچوں کی خاک چھانتا پھرتا، لیکن رات کو خواہ کتنی ہی دیر کیوں نہ ہو جائے گھر ضرور واپس آتا اور اپنے چھوٹے سے کمرے کے کونے میں ٹوٹی پھوٹی میز پر رکھے ہوئے اُس کھانے پر جھپٹ پڑتا جو اُس کی ماں باقاعدگی کے ساتھ اُس کے لیے اُٹھا رکھتی تھی۔

ایک رات کھاتے ہوئے اُس نے سوچا کہ اُس میں اور کتے میں کیا فرق ہے؟ یعنی انسان اور کتے میں.... اور پھر نوالہ چباتے ہوئے اُس نے آواز نکالی.. .بوں بھوں ...بھوں بھوں !!

بغل والے کمرے سے ماں کی آواز آئی دھت ... دھت ... دیکھ تو اندر کُتا گھس آیا ہے.... اور اُس نے نوالہ نگلتے ہوئے جواب دیا۔ پریشاں مت ہو ماں ، میں نے اُسے بھگا دیا ہے۔

ایک بار وہ رات کو گھر آیا اور حسب روایت صبح صبح گھر سے باہر نہیں نکلا، گھر کے سب افراد اس تبدیلی پر حیران تھے۔

دراصل وہ کچھ نئے تجربے کرنا چاہتا تھا، اس دن اس نے سوچا کہ آنکھ صرف دیکھنے.... اور کان سننے کے لیے کیوں ہیں، کیوں نہ وہ کانوں سے دیکھنے کا اور آنکھوں سے سننے کا کام لے۔ چنانچہ اُس نے آنکھیں بند کرلیں۔

اور کانوں سے دیکھنے کی کوشش کرنے لگا۔ لیکن کان کچھ دیکھ نہ سکے۔ اور آنکھ
—— آنکھ کچھ سُن نہ سکی!

دوسرے دن بھی وہ گھر سے باہر نہیں گیا۔ بغیر کھاٹ پٹے وہ سوچتا رہا کہ اگر واقعی آنکھ کا کام صرف دیکھنا ہے تو ایک آنکھ سر کے پیچھے کی طرف کیوں فِٹ نہیں؟ ساری گڑبڑ تو چہرے پر ایک ساتھ دو آنکھیں فٹ کر دینے سے ہُوئی۔ اس کی وجہ سے یہ پتہ ہی نہیں چلتا کہ بیٹھ پیچھے کیا ہو رہا ہے۔ گر ایک آنکھ چہرے پر اور دوسری سر کے پیچھے رہتی تو دُنیا کے تمام جھگڑے ختم ہو جاتے ——

آئیڈیا —— نئی بات!! وہ پھڑک اُٹھا اور اُٹھ کر میز پر رکھے ہوئے کھانے پر جھپٹ پڑا۔ کھانے کھاتے اُسے پھر خیال آیا کہ آخر انسان اور کتے میں کیا فرق ہے میں.... میں تو کتے کی طرح آسانی سے بھونک سکتا ہوں۔ بھوں بھوں ... بھوں بھوں۔

دن کا وقت تھا۔ گھر کے تمام افراد اُس کے کمرے کے سامنے آکر جمع ہو گئے اور اُسے غور سے دیکھنے لگے۔

اُسے ان سب پر غصہ آگیا۔ آخر وہ سمجھتے کیا ہیں۔ کیا وہ سرکس کا مسخرہ ہے۔ کیوں وہ سب اُسے اس طرح گھُور رہے ہیں لیکن پھر اُسے خیال آیا کہ نئے تجربے کو دوسرے کیا، اپنے بھی نہیں سمجھ سکتے لہذا اُس نے مُنہ کھول کر اپنی زبان نکالی اور سب کو چِڑاتے ہوئے ایک اونچی آواز نکالی۔ بھوں .... بھوں بھوں بھوں۔

تیسرے دن بھی وہ باہر نہیں گیا۔ صبح صبح ایک خیال الہام بن کر اُس کی روح میں آسمان کے فرشتے کی طرح اُترا کہ کیوں نہ ہاتھوں سے چلنے کا کام لیا جائے۔ آخر یہ کیا تُک ہے کہ انسان ہزاروں سال سے پیروں پر چلتا آرہا ہے۔ وہ اس فرسودہ اور پُرانی روایت کو توڑے گا اور ثابت کرے گا کہ ہاتھوں سے پیروں کا کام

لیا جاسکتا ہے ساتھ ہی اُس نے ایک چھلانگ لگائی اور قلابازی کے ساتھ دیوار کا سہارا لے کر سر کو نیچے کیا اور پیروں کو اُوپر اور پھر اپنے دونوں ہاتھوں کو زمین پر ٹکا کر آہستہ آہستہ ایک کے بعد دوسرے ہاتھ کو اوپر اُٹھا کر حرکت کرنے لگا ـــــ

ایک دو منٹ کے بعد اُس نے اپنا توازن کھو دیا اور گر گیا اور اس کے بعد وہ اپنے پیروں پر کھڑا تھا۔ اُس نے دیکھا کہ اس کے سامنے اُس کے گھر کے تمام افراد بشمول ماں اور باپ کھڑے ہیں اور ایک ڈاکٹر اُسے دیکھ کر مسکرا رہا ہے۔

"کیا ہے؟" اُس نے اُنہیں غصے سے دیکھتے ہوئے چیخ کر کہا۔

ڈاکٹر نے کہا "گھبراؤ نہیں۔ بس چند ہی دنوں میں تم اچھے ہو جاؤ گے۔"

دیکھتے ہی دیکھتے زبردستی اُسے پاگل خانے بھجوا دیا گیا ـــــ اُس کے آس پاس قسم قسم کے پاگل تھے جو اُسے دیکھ کر تالیاں بجا رہے تھے۔ اُس نے سوچا کہ اُسے نئے تجربے کی بڑی سخت سزا دی گئی ہے۔ لیکن اس سے کیا ہوتا ہے۔ یہاں بھی وہ اپنے تجربے کو جاری رکھے گا۔ دنیا کی کوئی قوت اُسے روک نہیں سکتی۔ مجھے اختیار ہے۔ میں جو چاہے کر سکتا ہوں ـــــ میں ـــــ میں!!

ساتھ ہی اُس نے ایک قلابازی کھائی اور سر کو نیچے کر کے پاؤں آسمان کی طرف اُٹھا دیئے اور ہاتھوں کو مضبوطی کے ساتھ زمین پر جما کر آہستہ آہستہ ایک کے بعد ایک اُٹھا کر حرکت کرنے لگا۔ جیسے کوئی چلتا ہے!

پاگلوں نے خوشی سے تالیاں بجا کر نئے مہمان کا استقبال کیا، پھر سب نے ایک آواز میں کہا ـــــ

ارے واہ ـــــ یہ تو ہمارا بھی اُستاد نکلا!!

■■

حسین بی کی روٹی

حسین بی سے زیادہ حسین بی کی روٹیاں مشہور تھیں۔

اور کوئی یہ نہیں جانتا تھا کہ یہ حسین بی کون ہے، کہاں کی رہنے والی ہے کہاں سے آئی ہے اور کیوں اتنی اچھی روٹیاں پکاتی ہے!

یہی نہیں بلکہ پکانے کی اتنی مکمل ٹریننگ اُس نے کہاں سے حاصل کی؟ اور جب حاصل ہی کی تو اُسے کتنا عرصہ لگا۔ اور کیا اُس نے اس ٹریننگ سے پہلے کبھی شوقیہ طور پر روٹی پکائی تھی!

اور نہیں پکائی تو کیوں نہیں؟

اس قسم کے بہت سے سوالات ذہن کا دروازہ کھٹکھٹاتے، لیکن جواب کے لیے خود کو بے بس پاتا۔ کیونکہ حسین بی کے بارے میں میری معلومات صفر کے برابر تھیں!

کیا تم نے حسین بی کے ہاتھوں کی بنی ہوی روٹیاں کھائیں؟

یہ سوال دوستوں میں سے جب کبھی کوئی کرتا تو مارے شرم کے میں زمین میں ہی نہیں گڑھ جاتا بلکہ سنجیدگی کے ساتھ خودکشی کے مختلف طریقوں پر سوچنے لگتا ___ واقعی ایسی زندگی سے تو مر جانا ہی بہتر تھا جسے حسین بی کے ہاتھوں

کی بنی ہوئی روٹیاں نصیب نہ ہوئی ہوں!

لیکن یہ محترمہ ہیں کون؟

میں سوچتا، لیکن کسی سے پوچھنے کی جراءت میں نے اس لیے نہیں کی کہ احباب کے سامنے میری جہالت کا پول نہ کھل جائے۔ میں نے سوچا جب میرے ہر دوست کی زبان پر حسین بی کا نام ہے تو یقیناً یہ کوئی پاپولر شخصیت ہوگی۔ ایک نہ ایک دن ضرور ملاقات ہو جائے گی۔ اب پوچھنا بے کار ہے۔

ایک رات میں اپنے دوست ڈی پی مترا کے یہاں رات کے کھانے پر مدعو تھا۔ کھانے کی میز پر مترا نے ایک پلیٹ کو میرے سامنے بڑھاتے ہوئے کہا۔

"یہ روٹیاں حسین بی نے بنائی ہیں۔"

"حسین بی نے؟"

میں نے گویا دبی زبان میں پوچھ ہی لیا۔

"ہاں۔ ہاں ـــــ حسین بی نے ـــــ بھئی کیا تم حسین بی سے واقف نہیں ہو!" مترا نے پوچھا۔

میں جیسے شرم سے پانی پانی ہوگیا۔ اور شرم کے اس پانی کو اپنی پیشانی سے پونچھتے ہوئے کہا "ارے واہ! میں حسین بی سے کیسے واقف نہیں ـــ اچھی طرح جانتا ہوں حسین بی کو۔ میں یہ پوچھنا چاہ رہا تھا کہ کیا سچ مچ ان روٹیوں کو حسین بی نے بنایا ہے اور اگر بنایا ہے تو بھئی واہ۔ کیا کہنے ان روٹیوں کے ـــــ مزہ آگیا۔

میں نے ایک ہی سانس میں یہ ساری باتیں اس طرح کہہ دیں جیسے حسین بی کو میں جانتا ہی نہیں بلکہ برسوں سے جانتا ہوں اور میرے دوست مترا مطمئن

ہو کر چپ ہو گئے اور حسین بی کا انھوں نے مجھ سے تعارف نہیں کروایا۔ اور میرے دل میں خلش کی ایک پھانس چبھ کر رہ گئی کاش میں اپنی جہالت کا اعتراف کرتے ہوئے پوچھ ہی لیتا کہ آخر یہ حسین بی کون ہے؟

میں نے دیکھا پلیٹ میں بڑے سلیقے اور ترتیب سے جمی ہوئی روٹیاں ہیں۔ گول گول اور تانبے کی طرح دہکتی ہوئیں۔ قریب کی دوسری پلیٹ میں پھلکے رکھے تھے۔ ویسے ہی گول گول، جیسے کسی نے پرکار کی مدد سے بنایا ہو۔

میرے ہاتھ خود بخود دونوں پلیٹوں کی طرف اُٹھ گئے۔ سب سے پہلے میں نے گھی میں تلی ہوئی روٹی اٹھائی۔ چھوتے ہی یوں لگا جیسے کسی کا ہاتھ میرے ہاتھ میں آگیا ہے نرم نرم —— ریشم کی طرح ملائم۔ حرارت بخش۔

پھلکوں کا بھی یہی حال تھا۔

پہلے نوالے پر محسوس ہوا جیسے مُنہ میں روٹی نہیں، برفی یا قلاقند کی طرح کوئی نرم شئے ہے جو دانتوں کی ورزش کے بغیر گھلتی جارہی ہے میرے سامنے چودہ طبق زمین اور چودہ طبق آسمان روشن ہو گئے۔ واہ واہ، سبحان اللہ، ماشاء اللہ —— جواب نہیں ان روٹیوں کا!

یوں بھی جب تک حلق سے روٹی کا ایک نوالہ نہ اُترے، دُنیا اندھیری ہی معلوم ہوتی ہے۔ اور جیسے ہی پیٹ میں روٹی جاتی ہے تو ہر شئے روشن ہو جاتی ہے۔ محبوبہ کا چہرہ بھی بڑا ہی پیارا اور اچھا لگتا ہے —— اور گنگنانے کو جی چاہتا ہے ورنہ —— ورنہ!!

دنیا تمام کے انقلابی نعرے ذہن اور روح کی سنسان وادیوں میں

گونجنے لگتے ہیں۔ روٹی کے بغیر محبوبہ ہی کیا خود اپنے آپ سے نفرت ہونے لگتی ہے اور ہر شئے اُلٹی پلٹی نظر آتی ہے۔

اور اگر کوئی شئے صاف نظر آتی ہے تو وہ روٹی ہے۔ گول گول، نرم نرم گرم گرم ـــــ اور روٹی کے سوائے کچھ نہیں۔

کارل مارکس کی بات چھوڑیئے خود اپنے ملک ہندوستان جنّت نشان میں ایک شاعر صاحب ہوا کرتے تھے اور اُن کا نام تھا نظیؔر اکبرآبادی۔ چنانچہ ایک بار آسمان پر چمکتے ہوئے پورے چاند میں اپنی معشوقہ کا چہرہ دیکھنے کی بجائے انھوں نے گرم گرم تلی ہوئی روٹی کو دیکھا۔

یہی نہیں بلکہ شرافت سے یہاں تک کہہ دیا کہ چاند مجھے آسمان کے توّے پر ایک روٹی معلوم ہوتا ہے۔

نظیؔر چونکہ بے حد شریف اور معصوم آدمی تھے اس لیے غریب تھے۔ غریب تھے اس لیے انھیں ہر طرف روٹی ہی روٹی نظر آتی تھی ورنہ کہاں چاند اور کہاں توّے پر پکتی ہوئی روٹی!

غور فرمایئے!

چاند اور روٹی!

روٹی اور چاند!!

اس سے زیادہ بد ذوقی اور کیا ہوسکتی ہے! ارے روٹی دینے والا تو آسمانوں پر بیٹھا ہوا ہے۔ پیدائش سے پہلے ہی وہ اس کا انتظام کردیتا ہے۔

"واللہ خیر الرّازقین"

تو پھر یہ حقیر فقیر کیوں روٹی کے پیچھے بھاگ رہا ہے۔ کیا تجھے اپنے رَب

پر بھروسہ نہیں۔ کیا تجھے اس کا وعدہ یاد نہیں!

اے آدم کے بیٹے۔ روٹی روٹی کی بات چھوڑ۔ اور اپنے آس پاس کے پھیلے ہوئے حسن کو دیکھ اور اس عورت کو دیکھ جو تیرے سامنے ہے۔ نیچے ہے اور جو ایک ناگن کی طرح لہراتی ہوئی جا رہی ہے۔ دیکھ — دیکھ — اس کے کولہوں کو دیکھ۔ اس کی نشیلی آنکھوں کو دیکھ۔ ہائے ہائے کیا شئے ہے؟ کوئی تشبیہہ یاد ہی نہیں آتی۔ بس جسم میں ایک نامعلوم سی سنسناہٹ دوڑنے لگتی ہے۔

آفاقی شاعری جسے انگریزی میں یونیورسل پوئٹری کہتے ہیں۔ یہی ہے ورنہ یہ کیا چھچھورپن ہے — چاند اور روٹی — روٹی اور چاند — تف ہے ایسی شاعری پر، اور ایسے ادب پر۔

لیکن اِن تمام باتوں کے باوجود میں نظیر اکبرآبادی کا قائل ہوگیا۔ فرق صرف اِتنا ہے کہ نظیر کو چاند میں روٹیاں نظر آئیں اور مجھے کھانے کی پلیٹ میں۔ گرم گرم — گول گول — نرم نرم — گھی میں تلی ہوئی روٹیاں!

ساتھ ہی میں نے اسی پلیٹ میں چودہ طبق زمین اور آسمانوں کو روشن ہوتے دیکھا۔ بخدا کہہ نہیں سکتا مجھے کیا کیا نظر آیا — میں نے دل ہی دل میں کہا۔

"واہ حسین بی واہ۔ تمھارا جواب نہیں، کیا روٹیاں پکائیں تم نے۔ ایک بار اگر زندگی میں تم سے ملاقات ہوجائے تو یقین مانو میں تمھارے ہاتھ چوم لوں گا۔"

سچ مچ میں حسین بی کا قائل ہوگیا۔

حسین بی سے میری یہ وابستگی محض جذباتی نہیں بلکہ حقیقت پسندانہ تھی۔ میرا خیال ہے کہ روٹی کمانا جتنا مشکل ہے اتنا ہی روٹی پکانا — یہ بات تو حسین بی

جانتی ہے بائیں!

حقیقت تو یہ ہے کہ اس آرٹ کو سیکھنے میں کئی بار میں نے اپنے ہاتھ جلائے ہیں، محض آرٹ برائے آرٹ کی خاطر نہیں بلکہ آرٹ برائے ضرورت کی خاطر میں نے وقت کے اس چیلنج کو قبول کیا تھا۔ اور دل ہی دل میں کہا تھا، کوئی بات نہیں۔ اگر کلاوتی نہیں آتی ہے نہ آئے میں اس پر یہ ثابت کر دوں گا کہ میں اس کا محتاج نہیں۔ اس کے بغیر بھی میں روٹی پکا کر کھا سکتا ہوں۔ خدا میرے ان دونوں ہاتھوں کو سلامت رکھے۔ کیا یہ ہاتھ آٹا نہیں گوندھ سکتے؟ روٹی نہیں پکا سکتے؟

ارے بھائی! یہ ہاتھ تو طوفانوں کا رُخ موڑ دیتے ہیں۔ دریاؤں کی سمت بدل دیتے ہیں اور پہاڑوں کو زمین پر چت سلا دیتے ہیں۔

روٹی پکانا تو ایک معمولی بات ہے۔ دُنیا کا شاید سب سے آسان کام! میں نے جیسے تیسے آٹا گوندھا... اور پہلی بار جب روٹی بیل کر توے پر ڈالی تو میں نے دیکھا کہ انجانے میں میں نے امریکہ کا نقشہ بنا ڈالا ہے حالانکہ میں کبھی بھی جغرافیہ کا اچھا طالب علم نہیں رہا لیکن میں نے محسوس کیا کہ میں عملی جغرافیہ میں اب بھی اچھا خاصا ہوں۔

دوسری روٹی میں آسٹریلیا کو پیش کیا تھا اور تیسری روٹی سچ پوچھئے تو اپنے ملک کی ہو بہو تصویر تھی۔ ٹیڑھی میڑھی تکونی اور نیچے لٹکا تھا۔

ساتھ ہی مجھے ہنسی آ گئی۔ لیکن میں نے اپنی چھپی ہوئی صلاحیتوں کا خود ہی اعتراف کیا اور خود سے کہا "بھئی تمھارا جواب نہیں!"

دوسرے دن بھی جب میں دُنیا جہاں کے تمام ممالک کے نقشے بنا رہا تھا تو کلاوتی آئی اور اُس نے مجھے دیکھتے ہی مسکرا دیا۔

مسکراہٹ جس میں ہمدردی تھی اور ساتھ ہی طنز بھی کہ صاحب اٹھئے، یہ آپ کے بس کا روگ نہیں۔

اُس نے مجھے یوں دیکھا جیسے وہ میری نوکرانی نہیں بلکہ بیوی ہے۔ میں چُپ ہوگیا۔ عورت اور روٹی کے سامنے آدمی گھٹنے ٹیک دیتا ہے۔ لہٰذا میں نے بھی گھٹنے ٹیک دیئے۔ ویسے میرا خیال تھا کہ اپنے ہاتھ جلا کر کلاوتی سے لڑ رہا ہوں جو کسی بھی مرد کو پیٹ بھر کھلا کر اس کی ماں بننے کی کوشش کرتی ہے۔

لیکن ہار میری ہی ہوی اور میں نے محسوس کیا کہ کلاوتی ہزار بار میری نوکرانی ہونے کے باوجود مجھ سے برتر ہے۔ کیونکہ وہ کسی کو چیلنج نہیں کرتی اور روٹی پکانے کے آرٹ سے واقف ہے!

حسین بی سے میری جذباتی اور ذہنی وابستگی تھی۔ حسین بی کا ایمج میرے لیے بڑا ہی خوشگوار تجربہ تھا۔ تمنا تھی کہ اس سے ملاقات ہوجائے تو آگے بڑھ کر اس کے ہاتھ چوم لوں۔ وہ ہاتھ جو ریشمی روٹیوں کی تخلیق کرتے ہیں۔ وہ ہاتھ بڑے ہی خوب صورت ہوں گے۔ میں سوچتا، پتلی پتلی اور لمبی لمبی انگلیوں والے ہاتھ ـــــ اور خود حسین بی!

کئی بار میں نے حسین بی کے بارے میں سوچا لیکن اس کی کوئی واضح تصویر ذہن میں اُبھر نہ سکی۔ مگر خیال تھا کہ وہ خوبصورت ہوگی۔ تلی ہوئی روٹیوں کی طرح گرم گرم۔ نرم نرم ـــــ تانبہ جیسی دمکتی ہوئی۔!!

مگر ایک رات مترا کے یہاں ڈنر کے ٹیبل پر ایک عورت کو میز پر ڈشیں رکھتے ہوئے دیکھا تو مترا نے کہا "جانتے ہو نا، یہی ہے حسین بی!"

ساتھ ہی حسین بی کے ایمج کا بلوریں محل چھناکے کے ساتھ زمین پر گر کر

چکنا چور ہوگیا، بکھر گیا۔ میں نے دیکھا ایک جوان عورت جو وقت سے پہلے بوڑھی ہو چکی ہے، میرے سامنے کھڑی ہے۔ پچکے ہوئے گال، دھنسی ہوئی آنکھیں، دبلی پتلی مدقوق ــ یوں لگا جیسے وہ صدیوں سے بھوکی ہے۔

اب بھلا میں اس کے ہاتھوں کو کیا چومتا؟

مجھے بڑی کوفت ہوئی اُسے دیکھ کر مترانے نہ جانے کیا میرے چہرے پڑھ لیا، پوچھا "اتنی حیران نظروں سے کیا دیکھ رہے ہو، کیا تم حسین بی کو نہیں جانتے؟"

"نہیں نہیں۔ میں حسین بی کو جانتا ہوں" میں نے جھٹ سے کہا۔

اور یہ حقیقت ہے کہ میں حسین بی کو بچپن سے جانتا ہوں۔ حسین بی ہمارے یہاں بھی تھی۔ پہلے اس کا نام بسم اللہ بی تھا ــ پھر یہ نارائن اما کے روپ میں آئی اور اب کلاوتی بن کر میرا پیٹ بھر رہی ہے۔ حسین بی کا ایک نام نہیں ــ کئی نام ہیں۔ یہ ہمیشہ روٹی پکا پکا کر دوسروں کو کھلاتی رہی۔ ابھی کچن میں چولہا پھونک رہی ہے تو ابھی کھیتوں میں کام کر رہی ہے۔ میں حسین بی سے کیسے واقف نہیں۔ یہی تو ہے جو سخت دھرتی کا سینہ چیر کر گیہوں نکالتی ہے اور پھر روٹیاں پکا پکا کر سب کو کھلاتی ہے اور جس کے حصے میں ایک روٹی بھی نہیں آتی۔

حسین بی کہیں سے آئی گئی نہیں بلکہ وہ یہیں ہے، میرے آس پاس، میں چھٹپن سے حسین بی سے، کلاوتی سے واقف ہوں اور اس کے ہاتھ کی پیدا کی ہوئی، بنی ہوئی اور پکائی ہوئی روٹیاں کھاتا رہا ہوں۔ مزہ مزہ کی گرم روٹیاں ــ لیکن میں نے اس سے کبھی یہ نہیں کہا کہ تو اب اپنے لیے روٹیاں پکا۔ دوسروں کے لیے پکانا چھوڑ دے۔

اور شاید یہ بات میں اس سے کبھی نہیں کہوں گا۔ کیونکہ اس سچائی

سے میرے ہاتھ ہی نہیں جلیں گے بلکہ میرا دل بھی جل جائے گا۔

البتہ حسین بی، کلاوتی جس دن اس سچائی سے واقف ہو جائے گی اُس دن ـــ اُس دن دُنیا کے آسمان پر ایک نیا سورج اور چاند چمکے گا۔ ـــ اور دونوں دیکھیں گے کہ حسین بی اور کلاوتی بھوکی نہیں ہے، اور ان کے چہروں پر گلاب کے پھول کھل رہے ہیں۔

■■

تماشہ

مَیں تھک چکا ہوں۔ اِتنی تھکاوٹ آج سے پہلے مَیں نے کبھی محسوس نہیں کی۔ یُوں لگتا ہے جیسے مَیں چلتے چلتے گر پڑوں گا۔ لیکن مَیں چل رہا ہوں۔ جانے کب تک چلتا رہوں گا۔ اور کب اور کس لمحے میرا سفر ختم ہوگا۔ اور کب مَیں اطمینان سے کسی آرام کرسی پر بیٹھ کر اپنی آنکھیں بند کرلوں گا۔ اور اپنے پیر سامنے رکھی ہوئی اسٹول پر رکھ دوں گا۔ اور نہ جانے کتنے گھنٹے اور کتنے دن اِسی طرح کرسی پر بیٹھا رہوں گا۔ لیکن آج تک مجھے اِس قسم کی عیاشی نصیب نہ ہوسکی۔ بس مَیں سوچ کر رہ جاتا ہوں!

لیکن اب مجھ سے چلا نہیں جاتا۔ آپ سے مَیں سچ کہتا ہوں۔ میں واقعی بہت تھک چکا ہوں۔ لیکن اس کے باوجود مَیں چل رہا ہوں۔ میرے قدم سیدھے نہیں پڑ رہے ہیں۔ اپنے اُن شرابی دوستوں کی طرح لڑکھڑا رہا ہوں جنھیں مَیں آدھی آدھی رات کو اُن کے گھروں پر اُن کی بیویوں کے حوالے کر آتا ہوں جو ایک عجیب سی نفسیاتی کشمکش سے دوچار رہتی ہیں یا ہو سکتا ہے کہ یہ میرا اپنا خیال ہو کیا

پھر مجھے دیکھ کر اُن کے چہروں پہ ایسی تحریر اُبھر آتی ہو جو فوراً پڑھی نہیں جا سکتی!

میرے دوست اپنی اپنی بیویوں سے میرا تعارف کراتے ہوئے کہتے ہیں'

یہ ہمارا معصوم دوست، بہت ہی ڈرپوک قسم کا آدمی ہے جو کبھی شراب کو ہاتھ نہیں لگاتا۔ شراب کو کیا کسی کو بھی ہاتھ نہیں لگاتا!

میرے شرابی دوست طوفانی قہقہہ لگاتے ہیں۔ اور اس قہقہے کی گونج میں اُن کی بیویاں بڑی عجیب اور چبھتی ہوئی ہنسی کے ساتھ مجھے یوں دیکھتی ہیں جیسے میں کسی زُو کے پنجرے سے نکل کر ابھی ابھی بھاگ آیا ہوں!

ابھی میں اتنا مہذب نہیں ہوا ہوں کہ شراب کے نشے میں دھت لڑکھڑاتا ہوا سڑکوں پر گھومتا پھروں۔ اور دوستوں کی بیویوں کے صحت مند جسموں — اور خوبصورت دائروں کا بغور جائزہ لوں۔ یہی نہیں بلکہ پاس سے گزرتی ہوئی عورتوں کو اپنی ہی کوئی ذاتی شئے سمجھ لوں!

اور — اور اپنی بیوی سے کہدوں کہ وہ آزاد ہے۔ اب وہ جیسی چاہے اور جس ڈھنگ سے چاہے زندگی گزار سکتی ہے لیکن جھگڑا قطعی نہیں ہونا چاہیئے۔ صرف بلند نگاہ چاہیئے!

ان تمام باتوں کے لیے جس جرات، بہادری اور مردانگی کی ضرورت ہے وہ مجھ میں نہیں ہے کیونکہ میں ڈرپوک ہوں، بُزدل ہوں۔ اور مجھے اس کا اعتراف ہے!

حد تو یہ ہے کہ میں اپنے آفس کے اُس چپراسی سے بھی ڈرتا ہوں جب دیکھتا ہوں کہ وہ میری طرف آرہا ہے — یقیناً وہ میری طرف آکر میرے ہاتھ میں کوئی MEMO تھما دے گا۔ اور جس میں لکھا ہوگا کہ اس مہینے کی بیس تاریخ

کو دس منٹ لیٹ کیوں آئے ؟ کیوں نہ تمھارے خلاف ڈسپلینری ایکشن لیا جائے!
آفس منیجر مجھے گھور کر دیکھتا ہے۔ میں کہتا ہوں، آئی ایم سوری سر! آج میں پھر لیٹ ہوگیا۔ ہوا یوں کہ خیراتی ہاسپٹل کے بس اسٹانڈ پر بڑا ہجوم تھا۔ اس لیے میں نے گرلز کالج سے ذرا آگے والے اسٹیج سے بس پکڑنے کی کوشش کی، لیکن وہاں بھی میری دال نہیں گلی۔ اِس لیے اب دوڑا دوڑا آٹو سے آرہا ہوں۔
ٹرافک پرابلم ـــــ ہیوی ٹرافک !!

آفس منیجر کچھ نہیں بولتا لیکن اس طرح مجھے دیکھ کر مسکراتا ہے جیسے کہتا ہو میں جانتا ہوں۔ آپ اِس سے زیادہ اور کیا کہہ سکتے ہیں۔ جائیے ـــــ جایئے اپنا کام کیجئے!

مجھے اپنے آپ پر غصہ آتا ہے۔ خواہ مخواہ میں نے گڑبڑ کردی۔ آخر مجھے یہ سب کچھ کہنے کی ضرورت ہی کیا تھی۔ بہت سے ساتھی غیر حاضر رہ کر بھی حاضری رجسٹر میں اپنے نام کے مقابل دستخط کر دیتے ہیں اور انھیں کوئی نہیں پوچھتا اور ایک میں ہوں کہ ـــــ مرا جارہا ہوں، بزدل ـ ڈرپوک !! اُلّو کا پٹھا !!!

نہ جانے میں نے اپنے آپ سے کیا کیا کہہ دیا!

"مجھ سے اچھا تو میرا اسسٹنٹ ہے جو ٹھاٹ سے اسکوٹر پر آتا ہے اور جس سے باس سے لے کر پارٹیاں تک خوش ہیں۔ ویسے وہ مواقع تو مجھے بھی ملے تھے لیکن میں نے اُن سب کو دھتکار دیا۔ میں اور رشوت آخر کیا سمجھتے ہیں یہ ذلیل انسان !!

مجھے کوئی خرید نہیں سکتا۔ میں لاقیمت ہوں۔ میرا ضمیر، میری انسانیت اور میری روح ابھی تک بے داغ ہے۔ میں کسی سے شرمندہ نہیں ہوں میں نے کوئی گناہ کیا اور نہ کسی سطح پر خود کو دھوکہ دیا۔ البتہ سادھوؤں اور رِشیوں کی طرح میں نے خود کو بہت سزائیں دی ہیں۔ اپنے آپ پر غصہ کیا ہے میرے اندر کوئی چھپا ہوا ہے جو دن رات مجھے کچوکے دیتا رہتا ہے۔ میں اُس کی آواز سُنتا رہتا ہوں۔ یہ کون ہے؟ یہ میں ہوں۔ میں — !!

میں بہت تھک چکا ہوں!

لیکن اِس تھکاوٹ میں مسٹر آنند کی آواز اس طرح میرے دل اور میری رُوح کی گہرائیوں میں اُترتی ہے جیسے گلوکوز یا خون کا ایک ایک قطرہ رگوں میں داخل ہو کر دوڑنے لگے!

کل ہی کی بات ہے۔ اس بار میں پھر لیٹ پہنچا۔ میری میز پر بہت سی فائلیں میرا انتظار کر رہی تھیں۔ آفس مینیجر سے میں نے معذرت نہیں چاہی، اور نہ اُس نے چبھتی ہوئی نظروں سے مجھے گھورا۔ البتہ اس نے اتنا ضرور کہا' اس بار پھر بس لیٹ نہ کرسکے۔ وہی ٹریفک پرابلم ہے نہ —— میں نے کہا نہیں سر۔ اس بار بس کا پرابلم نہیں تھا۔ بس ایک ایکسیڈنٹ —— آپ جانتے ہیں نا —— میرے چھوٹے بھائی بابو کو —— وہ اپنی جاوا پر راستے سے گزر رہا تھا کہ —— کہتے کہتے میں رُک گیا!

پھر کیا ہوا؟ آفس مینیجر نے چونک کر پوچھا۔

لیکن میں کیوں کہوں کہ میرے بھائی بابو کا انتقال ہوگیا۔ اور

اُس کی میت ابھی تک میرے دل، میرے دماغ اور میری روح کے فرش پر پڑی ہوئی ہے!

میں کیوں کہوں، مجھے آفس منیجر یا کسی بھی فرد کی ہمدردی اور اُس کا رحم نہیں چاہیئے۔ کیا یہ میرے بھائی کی اور میری توہین نہیں ہے۔ اور میں اپنی توہین کو کسی حال برداشت نہیں کر سکتا۔ میں لاقیمت ہوں۔ آج تک مجھے کوئی خرید نہ سکا!

میں نے گھوم کر آفس منیجر سے کہا، میرے بھائی کو کچھ نہیں ہوا ہے سر! کسی اور وجہ سے مجھے دیر ہوگئی۔ میں معافی چاہتا ہوں۔ آئندہ کبھی آپ کو شکایت کا موقع نہیں دوں گا!

میری کرسی سے ذرا دور بیٹھے ہوئے آنند نے مجھے دیکھا۔ اور اُس کے چہرے پر ایک مریل اور روکھی پھیکی سی مسکراہٹ دوڑ گئی۔ پھر وہ اُٹھا۔ اور آہستہ آہستہ چلتا ہوا میرے قریب آیا۔ اور بولا 'ہلو!'

ہلو ــــــ میں نے جواب دیا۔

خالی کرسی کھینچ کر میرے قریب بیٹھتے ہوئے اُس نے کہا:

"اتنی جلدی بھی کیا تھی۔ دو تین دن کی چھٹی لے لیتے۔ مجھ کو ٹیلیفون کر دیتے آپ کو آرام کی سخت ضرورت ہے۔

میں نے کہا "آنند جی! اگر میں چھٹی لے لیتا تو تنخواہ وقت پر کہاں ملتی۔ کٹ کٹا کر ہاتھ کو جو پیسے آتے اُس سے گھر کا خرچ کیسے پورا ہوتا دودھ والا ــــــ سبزی والا ــــــ گھر والا ــــــ اسکولوں کی فیس ــــــ رکشاؤں کے کرائے۔ پھر میں کہاں کہاں دوڑا دوڑا گھومتا۔ ہر ایک گھر

کے دو حلقے میں نے خود اپنی خوشی سے اپنے پر بند کر لیے ہیں۔ آپ تو جانتے ہیں نہ میں کسی سے قرض مانگتا نہ چٹ فنڈ میں شریک ہوتا۔ ریس کے گھوڑوں پر قسمت کو نہیں آزماتا۔ رمی نہیں کھیلتا۔ کوئی پارٹ ٹائم جاب نہیں کرتا جو کچھ بھی ہے یہی نوکری تو ہے۔ اسی لیے ـــــ اسی لیے تو ـــــ!

آنند مسکرایا۔ زبردستی مسکرایا۔ یہ مسکراہٹ، مسکراہٹ نہیں تھی۔ بلکہ ایک چشم دید گواہ کا حلفیہ بیان تھی کہ ہاں سچ ہے!

آنند میرے ہی کیڈر کا فرسٹ گریڈ کلرک ہے۔ اور شاید مجھے اتنا سمجھتا ہے جتنا میں خود کو بھی نہیں سمجھتا۔ ہم دونوں کی جوڑی مشہور ہے۔ اگر ہم میں سے کوئی ایک دن نہ آئے تو ورکرس اور باس دوسرے سے پوچھتا ہے کہ پہلا کہاں ہے۔ اور کیوں نہیں آیا!

حالانکہ ہم دونوں کی عمروں میں بڑا فرق ہے۔ لیکن جنریشن گیپ کا نظریہ یہاں لاگو نہیں ہوتا۔ میرا نوجوان دوست آنند اب میری کمزوری بن گیا ہے، جب تک میں اُس سے مل نہ لوں، بات نہ کر لوں زندگی میں کسی کمی کا احساس ہونے لگتا ہے!

فائن کلاتھ ملز کا سب سے قابل ترین ملازم مسٹر آنند یم اے مسکرایا۔ اس بار اس کی مسکراہٹ مجھے بڑی عجیب اور چبھتی ہوئی لگی۔ میں نے کہا، آئی یم سوری آنند! میں نے کوئی غلط بات تو نہیں کہی۔ میں جانتا ہوں آپ نے جو کچھ بھی کہا وہ میری ہمدردی میں کہا۔ لیکن میرے ذاتی غم تو میرے ہی غم ہیں۔ میرا بھائی مرجائے یا میرا اپنا کوئی بھی ـــــ وہ غم تو مجھے ہی سہنا پڑے گا۔ اور میں سہہ رہا ہوں۔ کوئی کیا آپ بھی

اِسے بانٹ نہیں سکتے تو پھر میں گھر میں بیٹھ کر کیا کرتا؟ زندگی کے سفر کو جاری رکھنے کے لیے چلنا تو پڑے گا ہی!

مسٹر آنند نے میرے ہاتھ کو دبایا اور کہا، مسٹر خان! ابھی تک آپ رسّی پر چل رہے ہیں ــــ

میں چونکا، اور پھر اُس سے پوچھا، مسٹر آنند کیا کہا آپ نے؟ ذرا پھر تو کہیئے۔

آنند نے اپنے فقرے کو دہرایا اور ایک لمحے کے لیے مجھے یوں محسوس ہوا جیسے مَیں نے کئی بوتلیں شراب پی لی ہے اور ایک عجیب سی نامعلوم سی توانائی میرے جسم میں آگئی ہے!

واقعی مَیں رسّی پر چل رہا ہوں۔ ایک ایک قدم سنبھل سنبھل کر رکھتا ہوں، اور توازن قائم کرنے کے لیے ہاتھوں کو نیچے اوپر، دائیں بائیں کرتا رہتا ہوں کہ کہیں گر نہ جاؤں۔ لیکن مجھے کوئی داد نہیں دیتا۔ حالانکہ سرکس میں دس منٹ رسّی پر چلنے والے کے وارے نیارے ہوجاتے ہیں۔ لوگ تالیاں بجاتے ہیں۔ اُس پر سکّے اور نوٹ پھینکتے ہیں۔ لیکن یہاں تو مَیں برسوں سے زندگی کا حقیقی تماشہ دکھا رہا ہوں۔ لیکن کوئی تعریف نہیں کرتا۔ لوگ اور میرے اپنے چاہنے والے مجھے ان خطابات سے نوازتے ہیں، بے وقوف ــــ اُلّو کا پٹھا ــــ بُزدل ــــ ڈرپوک!!

ختم

لُقمی

میں تماشہ دیکھ رہا ہوں!

اِس ہوٹل میں بیٹھا ہوا جو ترم خاں روڈ کے ختم پر یُوں اُبھر کر سب کے سامنے آجاتی ہے جیسے وہ ہر گزرنے والے کا راستہ روک کر کہہ رہی ہو، ٹھہر جاؤ۔ ایک پل کے لیے ٹھہر جاؤ ——

لیکن کوئی رُکتا نہیں۔ بلکہ ایک نگاہ ڈال کر گزر جاتا ہے۔ اپنی اپنی منزل کی طرف!

ہوٹل کے سامنے فٹ پاتھ ہے۔ فٹ پاتھ کے سامنے لمبی اور سیدھی سڑک ہے جو بڑی دُور سے آتی ہے اور دُور تک گئی ہے اور اس کے سامنے میونسپلٹی کا ایک مختصر سا چمن ہے جو مخالف سمت آنے والی سڑک کو دو حصّوں میں تقسیم کر کے اس تارکول کی سڑک سے ملاتا ہے۔ کرسی کا رُخ اگر فٹ پاتھ کی طرف کر کے بیٹھ جایئے تو تماشہ ہی تماشہ ہے اور وہ بھی مفت کا!

ٹریفک کا بہاؤ اتنا شدید ہے کہ سڑک عبور کرنا خطرے سے خالی نہیں۔ صبح سے شام تک اور شام سے رات تک سیکلیں، رکشا، آٹو رکشا، موٹر کار، بسیں اور لاریاں، اس تیز رفتاری سے دوڑتی رہتی ہیں کہ معلوم ہوتا ہے کہ ریس کے کسی میدان میں آ گئے ہیں اور فٹ پاتھ پر بھی خاصی چہل پہل رہتی ہے۔

پان کا ایک ڈبہ ہے جس پر ہمیشہ ہجوم رہتا ہے۔ ڈبے کے مالک عبدالصمد کے ہاتھ مشین کے پرزوں کی طرح حرکت کرتے رہتے ہیں ـــــ

عبدالصمد بوڑھا ہو چکا ہے۔ لیکن اس کے ہاتھ ابھی جوان ہیں اور اُس کی مسکراہٹ ابھی زندہ ہے جو اس کے ہونٹوں پر چمک کر اُجالا پھیلاتی ہوئی اس کی گھنی اور لرزتی ہوئی سی داڑھی کے جنگل میں دُور دُور تک پھیل جاتی ہے۔

عبدالصمد کی قینچی کی طرح چلتی ہوئی زبان کا حرکت کرتے ہوئے ہاتھوں پر کوئی اثر نہیں پڑتا۔ وہ اپنے ہر گاہک کا مسکراتا ہوا استقبال کرتا ہے۔ اور اُس کی اپنی پسند کا پان بناتا ہے۔

عبدالصمد ہر گاہک کے مزاج سے واقف ہے۔ یہی نہیں بلکہ اِس سڑک کے مزاج سے بھی واقف ہے!

ویسے اس سڑک کا کوئی نام نہیں ہے لیکن عبدالصمد کا کہنا ہے کہ ترم خان روڈ کے نام سے یہ سڑک یونہی مشہور ہوگئی۔ حالانکہ ترم خان روڈ کسی میونسپلٹی کا دیا ہوا نام نہیں ہے۔ اصل میں عوام نے اس سڑک کو اس نام سے نوازا ہے۔

تُرم خان اس حلقے کا وہ شیر تھا جس سے بڑے بڑے پہلوانوں کی روح کانپتی تھی اور جس کی خدمت میں اِس حلقے کے تمام بڈھے تا بچے بڑی پابندی سے اُس کا معمول ادا کرتے تھے۔

سُنا کہ تُرم خان اِس ہوٹل میں دندناتا ہوا آتا تھا اور جو جی میں آیا کھا کر چلا جاتا تھا۔ یہی نہیں بلکہ کاونٹر پر پڑے ہوئے جتنے سکے ہوتے اُنھیں سمیٹ لیتا تھا اور مالک اُف تک نہ کرتا تھا!

اور یہ بھی سُنا کہ ایک رات مستی کے عالم میں ترُم خان اپنی موٹر سیکل پر بڑی تیزی کے ساتھ اسی ہوٹل کے سامنے سے گزر رہا تھا کہ موڑ پر ایک بجلی کے کھمبے سے جا ٹکرایا۔ نیچے گرا اور مُرغ کی طرح پھڑ پھڑا کر ٹھنڈا ہو گیا اُسی تاریخ سے.. اُس سڑک کا نام... ترم خاں ـــــ

اُس طرف ہوٹل سے لگی ہوئی گھڑی کی دکان ہے۔ دیوار کے بیچوں بیچ لگی ہوئی گھڑی گھنٹہ بجا بجا کر ہر متنفس کو اِس بات کی اطلاع دیتی رہتی ہے، غافل انسان! خبردار ـــــ ہوشیار ـــــ وقت گزر رہا ہے۔ ٹن ٹن ـــــ ٹن ٹن!!

گھڑی کی دکان سے لگا ہوا محمد شریف کا بک اسٹال ہے۔ جہاں شہر کا کوئی اخبار اور رسالہ نظر نہیں آتا۔ اصل میں اُس کا بزنس کوک شاستر قسم کی کتابوں اور جنسی خفیہ تصویروں پر ٹکا ہوا ہے، جنھیں لوگ موٹی رقمیں دے کر خریدتے ہیں اور یہ موٹی موٹی رقمیں لے کر اور تصویروں کے دام بڑھا بڑھا کر بیچتا ہے لیکن اذاں کی آواز کے ساتھ ہی وہ فوراً مسجد کی طرف دوڑ پڑتا ہے اور جاتے جاتے دوسروں کو بھی نماز کی دعوت دیتا ہے۔

فٹ پاتھ پر دو تین بھکاری عورتیں اور مردُ مولا کے نام پر بھیک مانگتے ہیں اور لوگ مولا کے نام پر دس پندرہ پیسے بڑی آسانی سے اُن کی ہتھیلی پر رکھ دیتے ہیں!

کبھی رات کو اور کبھی شام کو کوئی میوہ فروش عورت اپنے کسی عاشق کے ساتھ ریلنگ کا سہارا لے کر فٹ پاتھ پر مسکراتی ہوئی بات کرتی کھڑی رہتی ہے اور جب بات ختم ہو جاتی ہے تو وہ اپنے عاشق کے ساتھ ہوٹل میں آتی ہے اور ـــــ چائے پی کر چلی جاتی ہے ورنہ ہوٹل سے اندرونی حصّے میں جاتی ہے اور کیبن میں بیٹھ کر بڑی دیر

تک اپنے پیٹ کی بھوک مٹاتی ہے۔

غرض صبح سے رات تک فٹ پاتھ اور سڑک پر ہنگامہ رہتا ہے اور ان سب کا نظارہ اُس وقت ممکن ہے جب کرسی کا رُخ اور اپنا مُنہ سڑک کی طرف کر کے کوئی بیٹھ جائے سارا منظر ہتھیلی میں نظر آتا ہے۔

ہوٹل کے باہر شور و غل ہے اور اندر سکون ہی سکون اس لیے میں یہاں آتا ہوں فلمی ریکارڈنگ نام کی کوئی شئے سُننے کو نہیں ملتی اور اس وجہ سے بھی مجھے یہ ہوٹل پسند ہے کہ کوئی آٹھ آنے کی چائے پی کر آٹھ گھنٹے یہاں بیٹھ سکتا ہے۔

ترُم خان روڈ کی اس ہوٹل میں بعض شخصیتیں ایسی بھی آتی ہیں جنہیں دن اور رات کے کسی بھی حصے میں لوگوں سے باتیں کرتے ہوئے دیکھا جا سکتا ہے!

اِن میں سے ایک شاعر ہے جو ہر وقت اپنے کسی نہ کسی شاگرد کے ساتھ گفتگو کرتا اور شعر سُناتا ہوا نظر آتا ہے، وہ اپنی تازہ غزلیں مختلف داموں پر مختلف شاگردوں کو بیچتا رہتا ہے۔ یہی اس کا ذریعۂ معاش ہے۔

دوسرا پامسٹ ہے جو ہاتھ کی ریکھاؤں کو پڑھ کر بتاتا ہے کہ قسمت کب اور کس پر مہربان ہونے والی ہے اور جس کی فیس ایک پیالی چائے سے لے کر پانچ روپے تک ہے۔

اور تیسرا فوجداری کا وہ وکیل ہے جو ہوٹل میں آنے والے ہر رکشا اور ٹیکسی ڈرائیور سے کہتا ہے، یہ دھول دھپا قسم کا معمولی جھگڑا کر کے کیا آتے ہو کسی کا دن دھاڑے قتل کر کے آؤ اور پھر دیکھو کہ میں تمہیں کیسے چھڑاتا ہوں یا پھر کسی پر اپنی ہیوی وہیکل ہی چلا دو پھر میں تمہیں ایک گھنٹے کے اندر اندر ضمانت پر نہ چھڑا لوں تو اپنی ماں کی قسم میں یہ وکالت کا پیشہ چھوڑ دوں گا!

اِس وقت شام ہو چکی ہے۔!

ہوٹل کے باہر دُور دُور تک اندھیرا ہے۔ دکانوں کی ہلکی ہلکی روشنی فٹ پاتھ اور سڑک پر پڑ رہی ہے۔ البتہ کاروں اور بسوں کی تیز روشنی سے راستہ کی ایک ایک شئے اُبھر کر نظروں کے سامنے آتی ہے اور پھر اندھیرے میں کھو جاتی ہے۔ البتہ ہارنوں کی آوازوں اور تیز گزرتی ہوئی گاڑیوں کی گڑگڑاہٹ سے شور میں اضافہ ہی ہوتا جا رہا ہے!

لیکن ہوٹل کا شور باہر کے شور سے کم ہے!

وکیل کہہ رہا ہے، فکر مت کرو۔ میں اُسے ہتھکڑی لگا دوں گا!

پامسٹ کہہ رہا ہے کسی کی ہتھیلی پر اپنی اُنگلی رکھ کر یہ سن لائن ——— آہا آہا۔ کتنی لمبی اور کتنی سیدھی دُور تک چلی گئی ہے۔ حضور! آپ کو تو کسی فائیو اسٹار ہوٹل میں ہونا چاہیئے تھا ——— لیکن یہاں کیسے؟ حیرت کی بات ہے ——— مگر وقت آگیا ہے حضور وقت آگیا ہے۔ سُنا آپ نے!

شاعر لب و رخسار کی بات کر رہا ہے۔ زمانہ کتنا آگے بڑھ گیا ہے۔ لیکن اب تک وہ لب و رخسار سے آگے نہ جا سکا۔ چائے کی چسکیاں لیتے ہوئے اور سگریٹ کے لمبے لمبے کش کھینچ کھینچ کر شاعر ہنس رہا ہے۔ پتہ نہیں خود پر یا اپنے شاگردوں پر ———

اور میں تنہا بیٹھا ہوا یہ سب کچھ دیکھ رہا ہوں، سُن رہا ہوں ———!

البتہ ابھی ابھی میری میز کے قریب دوسری کرسی پر ایک نوجوان آکر بیٹھا تھا۔ مگر بیٹھنے سے پہلے اُس نے مجھ سے اجازت حاصل کی تھی اور بڑی سعادت مندی سے پوچھا تھا، کیا میں بیٹھ سکتا ہوں۔

مجھے اِس کا یہ انداز اچھا لگا ورنہ آج کل اِس طرح کوئی بھی نہیں پوچھتا۔

یقیناً یہ کھرڈ نوجوان ہے لیکن اُس کے چہرے پر جانے کیا لکھا ہے۔ کچھ سمجھ میں نہیں آتا۔ یوں لگتا ہے جیسے اُس کو پڑھ لیا جائے تو زندگی کی بہت سی باتیں سمجھ میں آسکتی ہیں۔

اُس کی داڑھی بڑھی ہوئی تھی اور وہ ہوٹل میں جیسے کسی کو ڈھونڈ رہا تھا —— شاید بیرا کو ——

میں نے کہا: "بیٹھو —— شوق سے بیٹھو!!

شکریہ ادا کر کے وہ بیٹھ گیا اور پھر شکریہ ادا کرتا ہوا وہ دوسری میز کی خالی کرسی پر جا بیٹھا!

اب میں دیکھ رہا ہوں اُس نوجوان کو جو میز پر جھکا ہوا لُقمی کھا رہا ہے لیکن اس بزدلی کے ساتھ کہ ایسا محسوس ہوتا ہے جیسے وہ لقمی کو نہیں کھا رہا ہے بلکہ لُقمی اس کو کھا رہی ہے!

گھنٹہ بج رہا ہے!

مسجد سے موذن کی آواز بلند ہو رہی ہے!

اور فٹ پاتھ سے نیچے سڑک پر کھڑا ہوا ایک ادھیڑ عمر کا شخص ہاتھ میں مائیک پکڑے ہوئے ہر گزرنے والے کو آواز دے رہا ہے۔ مہرباں! قدردان! اُدھر کہاں چلے۔ آیئے اور میری بات تو سنتے جایئے۔ صرف ایک روپے کی بات ہے۔ جی ہاں ایک روپیہ جو آپ کی قسمت بدل سکتا ہے اور آپ کو زمین سے اُٹھا آسمان پر بٹھا سکتا ہے۔ آخر ایک روپیہ کدھر نہیں جاتا۔ اب تک آپ نے سینکڑوں روپے پی کھا کر اُڑا دیئے لیکن اس بار آپ کا ایک روپیہ آپ نہیں جانتے آپ کو کہاں سے کہاں پہنچا دے گا۔ قسمت کی دیوی آپ کے گھر پر دستک دے رہی ہے اور آپ دروازہ نہیں کھولتے۔ اس سے زیادہ بدنصیبی کی بات کیا ہو سکتی

ہے۔ یاد رکھئے زندگی میں صرف ایک بار قسمت کی دیوی مہربان ہوتی ہے اور اب آپ کا وقت آگیا ہے پھر نہ کہنا ہمیں خبر نہ ہوئی۔ بڑھئے۔ آگے بڑھئے، اور روپیہ پھینک کر اپنی لاٹری کا لکی نمبر حاصل کیجئے۔ لیکن آپ اُدھر کدھر چلے ـــــ مہربان! قدر دان!!

وقت گزر رہا ہے!

گھڑیال گھنٹہ بجا رہی ہے۔ ٹن ٹن

غافل انسان! کب تک سوتا رہے گا۔

جاگ ـــــ جاگ!!

کیا زمانہ آگیا ہے!

محمد شریف افسوس اور دُکھ کا اظہار کر رہا ہے۔

بھئی کیا ہوا!

میں پوچھتا ہوں!!

رات کے نو بج چکے ہیں۔ میں بک اسٹال پر کھڑا ہوں۔ ٹریفک کا وہی حال ہے۔ شور بڑھتا ہی جا رہا ہے۔ میوہ فروش عورت ریلنگ کا سہارا لیے کسی کا انتظار کر رہی ہے۔ عبدالصمد کے ہاتھ بڑی تیزی سے چل رہے ہیں۔

وکیل صاحب اور پامسٹ کسی کاروباری موضوع پر بات کر رہے ہیں۔ ابھی ابھی وہ میرا سوال سُن کر میری طرف پلٹے ہیں اور مجھ سے پوچھ رہے ہیں، ابھی تو آپ ہوٹل میں تھے نا! پھر آپ کو معلوم نہیں!

نہیں بھئی ـــــ آخر ہُوا کیا؟

ہوتا کیا ـــــ چوری ـــــ صاف صاف چوری!!!

چوری ـــــ میں پوچھتا ہوں

ہاں بھئی ـــــ ابھی ابھی ایک چور جو چہرے سے بڑا شریف لگتا تھا ہوٹل میں آیا اور ایک لقمی کھا کر اور دوسری لقمی جیب میں ڈال کر کھسک گیا۔ ویسے لقمی کی حیثیت ہی کیا ہے؟ لیکن کیا یہ چوری نہیں؟

وکیل صاحب نے بات جاری رکھتے ہوئے کہا۔ ایسا بدمعاش اگر مجھے مل جائے تو میں اُسے ہتھکڑی لگوا کر سیدھا جیل بھجوادوں گا!

پامسٹ نے کہا، وہ ضرور جیل جائے گا کیونکہ چوری کی لکیر ضرور اُس کی ہتھیلی میں ہوگی۔ میں ایک بار اُس کا ہاتھ دیکھ لوں تو سب کچھ بتا سکتا ہوں!

ساتھ ہی اُس نوجوان کا چہرہ میری آنکھوں کے سامنے گھوم گیا۔ کاش میں اُس کے ساتھ بات کرتا اور اُس کے توسط سے زندگی کو سمجھنے کی کوشش کرتا۔

وکیل صاحب نے مجھے چُپ دیکھ کر پوچھا، کیوں صاحب! آپ اُسے چور تسلیم نہیں کرتے!

میں نے مسکراتے ہوئے جواب دیا، یقیناً وہ چور ہے۔ میرا خیال ہے کہ یہ تُرم خان روڈ کا پہلا واقعہ ہے کہ کسی نے ایک لقمی کھائی اور دوسری لقمی اپنی جیب میں رکھ کر چپکے سے چلتا بنا۔ عبدالصمد پان والے جو اس سڑک کی تاریخ اور جغرافیہ سے پوری طرح واقف ہیں' میرے بیان کی تصدیق کریں گے۔ ایسے چور کو سخت سزا ملنی چاہیئے۔ میں نے کہا وکیل صاحب! اُسے ہتھکڑی لگوا کر جیل بھیجنے سے کچھ فائدہ نہیں ہوگا۔ مجھ سے پوچھیئے تو میں یہی مشورہ دوں گا کہ چور کے دونوں ہاتھ کاٹ دیئے جائیں۔ ہاتھ ہی کیوں۔ میں تو کہتا ہوں کہ اُس کا پیٹ بھی کاٹ دیا جائے ـــــ جب تک یہ چور ہے' ہماری' آپ کی اور سوسائٹی کی عزت خطرے میں ہے! ـــــ سبھوں نے اپنے کانوں پر یقین نہ کرتے ہوئے منہ کھول کر مجھے دیکھا اور میں تھکے ہوئے دل اور تھکے ہوئے قدموں کے ساتھ پھر اُسی کرسی پر آکر بیٹھ گیا ہوں۔

■■

دہکتی ہوئی انگیٹھی

اُس نے صرف کولھے دیکھے۔ اور اُن کے سوا کچھ نہیں دیکھا لیکن کولھوں کے دیکھتے ہی اُس نے محسوس کیا جیسے اُس میں بے پناہ طاقت آگئی ہے۔ اب وہ پہاڑوں پر چڑھ سکتا ہے۔ سمندروں میں اُتر سکتا ہے۔ کھائیوں پر سے پھلانگ سکتا ہے۔ اور وہ سب کچھ کر سکتا ہے جو نارمل موڈ میں ممکن نہیں۔

ہائے اُس کے وہ کولھے!

دِل ہی دِل میں وہ بڑبڑایا اور انتہائی پھرتی سے وہ اُس نامعلوم خاتون یا لڑکی کا تعاقب کرتے ہوئے دوڑا اور دوڑ کر اُس نے وہی بس پکڑ لی جس پر وہ ابھی ابھی چڑھی تھی!

بس کھچا کھچ بھری ہوئی تھی۔ لوگ ایک دوسرے کو دھکے دے کر کبھی آگے اور کبھی پیچھے ہٹ رہے تھے۔ بس کا دروازہ ایک ہی تھا۔ اس لیے چڑھنے اور اُترنے والے پاسنجروں کا ہجوم دروازے کے قریب تھا۔

اور کنڈکٹر مریل ٹٹو کی طرح اپنے میلے شرٹ کی آستین سے مُنہ پونچھتے ہوئے ٹکٹ جاری کر رہا تھا۔

وہ پسینہ پسینہ ہو چکا تھا۔ لیکن اپنے حواس کو جمع کرتے ہوئے اُس نے سوچا کہ اُسے کہاں جانا ہے۔ اور یہ بس کہاں جا رہی ہے!

اُسے تو کہیں جانا نہیں تھا۔ صرف بس کیچ کرنی تھی۔ اور اب جب وہ بس میں تھا تو ظاہر ہے کہ اُسے کسی نہ کسی مقام کا ٹکٹ لینا ہی ہوگا ورنہ یہ کیا بات ہوئی کہ کسی کے کولھوں پر نظر پڑی اور بغیر جانے بوجھے بس پر چڑھ گئے۔ ویسے اُسے اپنے گھر ہی جانا تھا۔ اور اُس کا گھر یہاں سے کوئی پانچ میل دُور تھا۔ لال باغ سے پُرانا گنج جانے والی ایک ہی تو وہ بس ہے جس کا نمبر پچاس پر دو ہے۔ اور جو ٹھیک اُس کے گھر کے سامنے والی سڑک پر ٹھہرتی ہے اور یہ بس کون سی ہے جس میں وہ سفر کر رہا تھا۔ اُس نے سوچا۔

اِتفاق کی بات تھی کہ یہ باون نمبر کی بس تھی۔ ایک مسافر کے استفسار پر دوسرا اُسے بتا رہا تھا۔ یہ بات جان کر اُس نے اطمینان کی سانس لی اور رومال نکال کر اپنی پیشانی کا پسینہ پونچھا۔ اور اُسے ڈھونڈنے لگا جس کی خاطر اُس نے اپنے سر کو کفن باندھ لیا تھا۔

ہائے —— وہ جیسے اندر سے پھٹ پڑا۔ ارے یہ تو اُس کے سامنے کھڑی ہے۔ بھئی غضب ہے غضب —— میرے یار قیامت ہے قیامت۔ اُس کے اندر کا آدمی بڑبڑایا۔

کیا بات ہے! اُس نے اپنے آپ سے کہا۔ آخر صبح صبح اُس نے

کس کی صورت دیکھی۔ اُسے یاد آیا کہ سویرے سویرے اُس نے اپنی بہن نجمہ کا چہرہ دیکھا تھا۔ دیکھا کیا تھا نجمہ خود اُس کے کمرے میں آئی تھی اور اُسے جھنجھوڑ کر نیند سے جگایا تھا۔ اور اُس کہ جیب پہ ہاتھ صاف کرگئی چلتی بنی تھی شاید اُس کے کالج میں کچھ فنکشن تھا۔

نجمہ کے علاوہ اُس کی دو چھوٹی بہنیں تھیں جو مِڈل اسکول کی جماعتوں میں پڑھ رہی تھیں۔ باپ کے انتقال کے بعد اُس کی ماں نے انھیں کسی قسم کی تکلیف نہیں ہونے دی۔ یہاں تک کہ اُس نے بڑی آسانی سے بی۔کام کرلیا تھا۔ اور پھر ایک مقامی بنک میں اُسے بڑی آسانی سے نوکری بھی مل گئی۔ اور اُسے معلوم ہی نہیں ہوسکا کہ بھوک کیا ہے؟ فاقہ کیسا ہوتا ہے؟ اور پیاس کے کیا معنی ہیں! اور گھر کا کرایہ کیسے ادا ہوتا ہے!

بس وہ تو کھا پی کر، اچھا پہن کر گھومتا پھرتا رہا۔ اور جب اُسے بنک میں نوکری مِلی تو اُسے زندگی اور بھی حَسین معلوم ہوئی۔ زندگی چاند سی عورت کے سوا کچھ بھی نہیں ____ وہ یہی سوچتا۔ اور اُس کے تصوّر کے ساتھ ہی اُس کے جسم میں سینکڑوں چیونٹیاں رینگنے لگتیں۔ اور وہ اِسی صورت میں جب کہ عورت ساڑی میں ہو۔ ورنہ شرٹ اور شلوار میں تو عورت کہیں کھو جاتی ہے۔ غائب ہوجاتی ہے۔ اور ساڑی میں عورت اُبھر کر سامنے آتی ہے۔ اُس کا ایک ایک خط دیکھ لو۔ اُس کی کمر، اُس کے کُولھے ____ اور یوں بھی ساڑی میں جو گہرائی ہے وہ شلوار میں کہاں؟ شلوار اور شرٹ ہے؟ جو تو ماں اور بہن کا دوسرا نام ہے ساڑیوں میں اُسے قوس والی ساڑی بڑی پسند تھی۔ چھوٹے

بڑے دائروں کا جواب نہیں ہوتا۔ واللہ دیکھتے ہی نشہ آجاتا ہے اور دُنیا ایک لٹو کی طرح گھومتی ہُوئی معلوم ہوتی ہے۔ جانے توسوں اور دائروں میں کیا چھُپا رہتا ہے۔ اُس نے غور سے سامنے اپنی پُشت کئی ہُوئی قیامت کو دیکھا۔ اور دُنیا اُسے گھومتی ہُوئی معلوم ہوئی۔ وہ جو اُس کے سامنے کھڑی تھی دائروں والی ساڑی میں ملبوس تھی۔

چھریرا بدن، اونچا قد، کمر کا ہلکا سا خَم اور خَم کے نیچے ذرا نیچے کُولھے اور کُولھوں پر جھُولتی ہوئی بالوں کی سیاہ چوٹی جیسے کوئی ناگن سو رہی ہو۔ اور ہلکی سی آہٹ سے جاگ جائے۔ جاگ کر لہرائے اور لہرا کر ڈس لے۔

بس میں بھیڑ تھی اور کھڑے ہوئے مسافر ایک دوسرے کے ساتھ چپکے ہُوئے تھے۔ اور وہ ___ وہ ___ اُس نے محسوس کیا جیسے وہ انگاروں کو چھُو رہا ہے۔ جیسے اُس نے ایک دو نہیں کئی بجلی کے کھُلے تاروں کو چھُولیا ہے۔ ایک عجیب سی سنسناہٹ اور جھنجھناہٹ اُس نے اپنے جسم میں محسوس کی۔ جیسے کوئی اُس کے دل میں، اُس کی رُوح میں گھنٹیاں بجا رہا ہے پھر دہکتی ہُوئی انگیٹھی کی ہلکی ہلکی آنچ ___

اُس نے محسوس کیا جیسے وہ اپنے وجود کو، اپنے جسم کو سمیٹ رہی ہے۔ لیکن وہ اُس کے جسم کے ساتھ ___

بس شہر کی سڑکوں، شاہراہوں اور مختلف موڑوں سے ہوتی ہُوئی گذر رہی تھی۔ اور پھر ایک دھچکے کے ساتھ رُک گئی ___

کنڈکٹر نے آواز دی ___ عنایت گنج!

چند مسافر اُترے۔ اور چند نئے چہرے اندر داخل ہوئے اور پھر کنڈکٹر کی بجائی ہوئی گھنٹی کے ساتھ ہی بس چلنے لگی۔ دوڑنے لگی اور اُس نے محسوس کیا جیسے وہ کسی جھولے میں جھول رہا ہے!

جانے وہ کون تھی۔ کہاں سے آئی تھی۔ اور کہاں جارہی تھی۔ ابھی تک اُس نے اُس کا چہرہ نہیں دیکھا تھا۔ اور نہ اُس کی آواز سُنی تھی۔ کیونکہ وہ اُس کے پیچھے کھڑا تھا —— لیکن اِس سے کیا فرق پڑتا ہے۔ آواز اور چہرے میں کیا رکھا ہے۔ اصل تو جسم ہے۔ اور اُس نے اُس کے جسم کے لمس کو محسوس کیا تھا۔ اور محسوس کر رہا تھا جسم جو حقیقت ہے۔ جسم جو بولتا ہے۔ جسم جو زندگی کی سب سے بڑی سچائی ہے جسم جس کا کوئی مذہب، کوئی ملک۔ اور کوئی رشتہ نہیں ہوتا ——

جسم —— جسم — جسم!!
گرم گرم —— نرم نرم —— سخت سخت —— لچک کر ——
بل کھا کر، سکیڑ کر پگھلنے والا —— موم کی طرح!!

اُس کے دماغ کی رگیں جیسے تن گئی تھیں۔ اور اُس کی سانس پھولنے لگی تھی۔ لیکن بس کے کسی مسافر کو اُس کی کیفیت کا پتہ نہیں تھا اور نہ کوئی یہ جانتا تھا کہ اُس کے دل میں، اُس کی رُوح میں، اُس کے جسم میں اور اُس کے خون میں کون سا طوفان اُٹھ رہا ہے۔

سب مسافر اپنی اپنی نشستوں پر بیٹھے ہوئے اُونگھ رہے تھے اور باقی کھڑے ہوئے مسافر جیسے کھڑے کھڑے اپنی اپنی زندگیوں سے تھک چکے تھے!

شام ہوچکی تھی ـــــ اور رات کا اندھیرا چاروں طرف پھیل رہا تھا۔ اور وہ جسم سے چپکا ہوا کھڑا تھا۔

عورت اب تک اُس کے لیے ایک پہیلی تھی جسے وہ بُوجھ نہ سکا تھا۔ اور سچ تو یہ ہے کہ اُس نے اب تک عورت کو دیکھا نہیں تھا۔ اگر دیکھا بھی تھا تو ان ہی بسوں میں، ریلوے پلیٹ فارموں پر، سڑکوں پر۔ شاہراہوں پر، سینما گھروں میں اور گھر میں تو اُس نے اپنی ماں کو دیکھا تھا۔ بہن کو دیکھا تھا۔ لیکن بہن اور ماں، عورت نہیں ہوتی۔ بلکہ کچھ اَور ہوتی ہے۔ صرف شرٹ اور شلوار۔

وہ عورت کی تاریخ سے واقف تھا۔ اور نہ جغرافیہ سے۔ اور نہ وہ یہ جانتا تھا کہ عورت کہاں سے شروع ہوتی ہے۔ اور کہاں ختم ہوتی ہے۔ لیکن اس کے باوجود وہ ـــــ

بَس پھر ایک دھچکے کے ساتھ رُکی!

اور کنڈکٹر کی آواز آئی۔ آواز وقفے وقفے سے آتی چلی گئی ـــــ

سفید ہاؤز !

سبزی منڈی !

چور بازار !!

حضرت پیر کی درگاہ !

بَس رُکتی رہی۔ چلتی رہی۔ نئے نئے لوگ آتے رہے، جاتے رہے لیکن وہ ابھی تک اُس کے سامنے کھڑی تھی۔ جھکی جھکی، سمٹی سمٹائی سر پر آنچل ڈالی ہوئی۔ اور اُس کی دہکتی ہوئی انگیٹھی کی تیز آنچ سے

اُس کا جسم جھُلس رہا تھا۔ ہائے اُس کے وہ گرم گرم کوُلھے ——
وہ سوچتا چلا گیا کہ یہ بَس کہیں نہ رُکے۔ بیچ میں کوئی اسٹیج نہ آئے۔ رات بھر اور دن بھر یہ بَس چلتی رہے۔ تمام زندگی —— تمام عُمر —— وہ جَل کر راکھ ہو جانا چاہتا ہے —— فنا ہو جانا چاہتا ہے ——

دوڑتی ہوی بَس ایک خوفناک دھچکے کے ساتھ رُکی۔ کنڈکٹر کی بڑی کرخت آواز آئی، پُرانا گنج ——

پُرانا گنج اُس کی منزل تھی —— بَس کا آخری اسٹیج۔ سب مسافر اُٹھ کھڑے ہوے۔ وہ بھی بڑی تیزی سے اُس کے پیچھے بس کے دروازے کی طرف لپکا۔

نیچے اُترتے ہی اُس نے لڑکی کو دیکھا۔ اُس کی آنکھیں پھٹی کی پھٹی رہ گیئں۔ اور اُس کی رگوں میں دوڑتا ہوا خوُن جیسے منجمد ہونے لگا اُس کے دماغ کی رگیں پھٹنے لگیں۔ وہ لڑکی اور کوئی نہیں اُس کی اپنی بہن نجمہ تھی!

■■

قُربانی کا بکرا

ہائے وہ ہلکے بادامی رنگ والا قربانی کا بکرا جو ہجوم میں تنہا تنہا نظر آ رہا تھا!

اُس کے چہرے پر برستی ہُوئی یتیمیت اور اس کی معنی خیز خاموشی نے مجھے بے چین کر دیا۔ لہذا میں تڑپ کر اُس کے قریب گیا اور بڑے پیار سے اُس کے سر پہ ہاتھ پھیرنے لگا جیسے کوئی باپ اپنی اولاد کے سر پہ ہاتھ پھیرتا ہے۔ اُس کی مُڑی ہُوئی کُھردری بے ضرر سینگیں پیچھے کی طرف تھیں۔ ناک لمبی تھی۔ خوبصورت چہرے پر مُنہ بڑا تھا نہ چھوٹا۔ اور تھوڈی پر ایک چھوٹی سی داڑھی اُگ آئی تھی۔ اُس کی آنکھیں آدھ کھُلی تھیں۔ جیسے وہ کسی گہری سوچ میں گُم ہے یا نیند اور بیداری کی درمیانی شکل میں وہ ہلکی ہلکی سانس لے رہا ہے۔ میں نے اُس کی پیٹھ اور پیٹ پہ ہاتھ پھیرتے ہُوئے بادامی رنگ کے اُون کی ملائمت اور نرمی کو محسوس کیا۔ اور ایک ثانیے کے لیے اُسے اپنے دونوں ہاتھوں سے اوپر اٹھاتے ہُوئے جیسے تولا۔ میرا اندازہ غلط نہیں تھا۔ وہ یقیناً دس کیلو سے بڑھ کر تھا۔ میں نے اُس کی پیٹھ کو تھپتھپایا جس کا مطلب تھا کہ شاباش جوان شاباش! اِس بھیڑ میں تو تم ہی ایک سورما نکلے!

پھر میں نے اُس کے لٹکے ہُوے بڑے بڑے کانوں کو سہلاتے ہُوے کہا، پیارے! تم یہاں ہو! ورنہ میں تمہیں کہاں کہاں ڈھونڈ تا رہا۔ میرے گھر چلو۔ گھر کے بڑے چھوٹے تمہارے استقبال کے لیے بے چینی سے منتظر ہیں!

میرے اِس شفقت آمیز رویّے کا اس نے کوئی جواب نہیں دیا، نہ اُس کے مُنہ سے ایک لفظ نکلا اور نہ اُس نے ''میں، میں'' والی زبان میں کوئی آواز نکالی جس سے کم ازکم اس بات کی تصدیق تو ہوتی کہ اُس نے میری بات سُنی ہے ۔ وہ کانوں کو لٹکاے اور اپنے جسم کو سکیڑے ہُوے یوں انجان کھڑا رہا جیسے میں حقیر فقیر اُس کی توجہ کا مستحق ہی نہیں ہوں یا پھر وہ اپنی ذات کے غم میں اس حد تک مُبتلا تھا کہ اُسے آس پاس کی خبر ہی نہیں تھی۔ ہجوم میں تنہائی والی بات کی وہ زندہ تفسیر تھا ــــ!

ہائے وہ بادامی رنگ والا قربانی کا بکرا ــ!

سو دو سو بکروں کے منڈے میں اپنے آپ کو پہچانا کوئی آسان کام نہیں بالکل اسی طرح اتنے بڑے ہجوم میں ایک پر نظر انتخاب بھی معمولی بات نہیں تھی۔ ویسے اُس سے اچھے توانا اور خوبصورت بکرے بھی تھے ۔لیکن بیوی نے کہا تھا کہ وزن کم ازکم دس کیلو ہونا چاہیئے ــــ

اور اِس سے کم وزن کا کوئی بکرا نہیں تھا۔ البتہ سب اس سے زیادہ ہی وزن کے تھے اور زیادہ قیمت کے ـــــ!

اور قیمت تو جیب میں ہوتی ہے اور میری ہلکی پھلکی پیوند لگی ہُوی جیب میں صرف تین نوٹ تھے ۔ سو سو کی ایک اور دوسری دس کی۔ اِس طرح دو سو

دس روپے لے کر میں قربانی کا بکرا خرید نے نکلا تھا گویا تمام بکروں کا مذاق اُڑانے چلا تھا۔ ورنہ کہاں دو سو دس روپے اور کہاں قربانی کا بکرا۔

جب عید آتی ہے تو میرے اعصاب کا تناؤ بڑھ جاتا ہے۔ اور میری سانس پھولنے لگتی ہے۔ کیونکہ عید تنہا نہیں آتی بلکہ اپنے ساتھ کئی مسائل کو لے آتی ہے کوئی بُش شرٹ کا مطالبہ کرتا ہے تو کوئی پتلون کا۔ لڑکیاں تو شرٹ شلوار سے لے کر دوپٹہ تک چاہتی ہیں ورنہ یہ سب دھمکی دیتے ہیں کہ کوئی اسکول نہیں جائے گا۔ ویسے اسکول کا اور عید کا آپس میں کیا تعلق۔

عید قرباں میں تو بکرے کی آوازیں عید سے بہت پہلے دن اور رُوح میں گونجنے لگتی ہیں۔ بڑے چھوٹوں کا متحدہ مطالبہ ہوتا ہے کہ قربانی دی جائے اور جب انھیں یہ بتایا جائے کہ بکرا ایسے ہی نہیں آتا اور نہ گھانس کا پُلّا دکھانے پر اپنی طرف دوڑ کر آتا ہے بلکہ اُسے لانے کے لیے سو سو کی ہری نوٹیں جیب میں رکھنی پڑتی ہیں ــــ اور عید ایک بھی نوٹ ساتھ نہیں لاتی ــــ بلکہ خالی ہاتھ آتی ہے تو اِس جواب سے کوئی مطمئن نہیں ہوتا۔ اور نہ کوئی اس بات کو سمجھنا چاہتا ہے اور جب بچوں کی ماں سے مدد مانگی جاتی ہے تو وہ مسکراتی ہے اور اپنی آنکھوں کو چمکاتی ہوئی اس طرح اپنی فتوحات کو دیکھتی ہے جیسے یہ اسی کا تنہا کارنامہ ہے۔! اور جب بے چارہ شوہر گڑگڑا کر اُس کے حضور میں التجا کرتا ہے کہ بیگم! بچاؤ مجھے اپنی فوج کے ان سپاہیوں سے تو وہ بے اختیار ہنس پڑتی ہے۔ اور پھر ہنسی کو روک کر اُس طرح تیکھی ترچھی نگاہوں سے دیکھتی ہے جیسے کہتی ہو، میں کیا کروں! آپ نے کبھی میری بات مانی ہے جو یہ مانیں گے۔ اب آپ ہی انھیں سمجھائیے۔

میں تو ہار گئی ان سے بھی، آپ سے بھی!

دوسرے الفاظ میں وہ کہتی ہے، اب بھگتو اپنے جگر کے ٹکڑوں سے۔ ورنہ ہر سال کس زور و شور سے باپ بننے کی تیاریاں ہوتی تھیں۔ اب مجھ سے مدد مانگ رہے ہو۔ اُس وقت مجھ سے پوچھا تھا۔ جب باپ بننے کا شوق کیا ہے تو ان کے بھی شوق پورے کرو ـــــ

سچ کہا بیگم نے، میں نے سوچا، سب کہاں باپ بنتے ہیں۔ ایک میں نے ہی یہ غیر معمولی کارنامہ انجام دیا ہے۔ لہٰذا بھگتو ـــــ

بڑی جرأت اور بے باکی کے ساتھ میں نے اِس مطالبے اور دباؤ کے خلاف احتجاج کیا اور صاف صاف کہہ دیا کہ بکرا وکرا کچھ نہیں آئے گا۔ خداوند تعالیٰ صرف دلوں کے رازوں اور نیتوں سے واقف نہیں بلکہ وہ ہماری خالی جیبوں کے حال سے بھی واقف ہیں۔ لہٰذا ہم قابلِ استطاعت لوگوں کی تعریف میں نہیں آتے اور پھر خدا ہمارے بکرے کا محتاج نہیں۔ بکرا تو ایک علامت ہے۔ سمبل ہے اس ایثار و قربانی کا جو ایک باپ نے اپنے خدا کے حضور میں پیش کی۔ اور ایک سعادت مند بیٹے نے خوشی خوشی ذبح ہونے کے لیے باپ کے سامنے اپنے سر کو جھکا دیا ـــــ ورنہ کہاں وہ قربانی اور کہاں یہ ـــــ بھئی حد ہوگئی!

لیکن اِن باتوں کو سمجھنے والا کون تھا۔ لہٰذا جیسے تیسے دو سو دس روپے کا انتظام کیا۔ اور گھر سے یوں نکلا جیسے ایک بکرے کو کیا پورے بازار کو خرید لاؤں گا!

ہجوم میں وہ بادامی رنگ والا بکرا خاموش کھڑا تھا۔ پہلے تو مجھے اس کی خاموشی پر بڑی جھنجھلاہٹ محسوس ہوئی۔ اور پھر اُس انداز پر پیار آ گیا۔ میں نے پھر اُس کے بڑے بڑے لٹکے ہوئے کانوں کو سہلایا اور کہا پیارے! تم میں اور مجھ میں

کوئی فرق نہیں!

اور یہ ایک بڑی حقیقت تھی۔ اس کی طرح میں بھی زندگی کے دوراہے پر سر جھکائے خاموش کھڑا تھا۔ فرق اتنا تھا کہ اُس کے کان بڑے تھے۔ اور میرے۔

ہجوم کی کوئی زبان ہوتی ہے اور نہ اُس کا اپنا کوئی اخلاق ہوتا ہے۔ ہر ایک بکرے کے حصول کی کوشش میں اِدھر سے اُدھر پھر رہا تھا۔

بازار میں بیس بیس قدم کے فاصلے سے بکروں کے چھوٹے بڑے مَنڈے تھے۔ بکرے بک رہے تھے۔

تین سو روپے!

ساڑھے تین سو روپے!!

چار سو روپے!!!

پانچ سو روپے!!

اور مَنڈے کا واحد مالک بُڈّن خاں اپنی توند پر ہاتھ پھیرتے ہوئے بکروں کے دام بڑھا رہا تھا۔ کیونکہ اُسے معلوم تھا کہ ہر قابلِ استطاعت مسلمان مذہبی رکن کو پورا کرنے کے لیے بکرا خریدے گا۔ لہٰذا دام بڑھاؤ۔ اللہ کے نام پر ـــــ رسول کے نام پر ـــــ مذہب کے نام پر۔ یہاں چوں چرا کی گنجائش نہیں۔ اللہ کے نام پر خریدتے ہوئے بھاؤ تاؤ کیسا؟

بُڈّن خاں کی توند لمحہ بہ لمحہ بڑھتی جارہی تھی! اور لوگ اپنی اپنی جیبوں کو اُس کے سامنے اُلٹتے جارہے تھے!

ایک صاحب میرے پاس کھڑے تھے ۔ انھوں نے بڑی حیرانی سے مجھ سے پوچھا
بھئی ! بڑی مشکل ہے ۔ آخر کون سا بکرا خریدا جائے !

میں نے کہا ، جو آپ کو پسند آئے ! لیکن وہ میرے جواب سے مطمئن نہیں ہوئے
تب میں نے مختلف بکروں کی طرف اشارہ کرتے ہوئے کہا ، اگر آپ اُس پانچ سو والے بکرے کو خریدیں تو وہ آپ کو جنت میں ایر کنڈیشن گھر دلوادے گا ۔ یا اُس چار سو والے بکرے کو لیں تو کم از کم دو کمرے والا آر سی سی کا فلیٹ کہیں گیا نہیں ۔ اسی طرح تین سو روپے والا بکرا بنگلور ٹائیل کا مکان فراہم کرے گا اور دو سو دس روپے والا یہ بکرا جسے میں خریدنے کی سوچ رہا ہوں شاید ایک جھونپڑی کا انتظام کردے ۔

اس جواب سے وہ صاحب ذرا خفا ہو گئے اور پھر انھوں نے اپنی شیروانی کے آخری بٹن کو کھولتے ہوئے کہا ، آپ تو مذاق کر رہے ہیں !

میں نے کہا ، بھائی ! میں قطعی مذاق نہیں کر رہا ہوں ۔ بلکہ یہ سیٹھ مٹن خاں مذاق کر رہا ہے جو ان بکروں کو جنت میں داخلے کا لائسنس سمجھ کر دام بڑھا رہا ہے ۔ اور غریب معصوم عوام کی جیبیں کاٹ رہا ہے !

بکرا خریدے بغیر میں گھر لوٹ گیا ۔ خالی ہاتھ دیکھ کر سب کے چہرے اُتر گئے ۔ بیوی نے اس طرح دیکھا جیسے میری یہ حرکت اُس کی توقع کے عین مطابق ہے بڑی لڑکی خاموش جھکی جھکی نظروں کے ساتھ کچن میں گھس گئی ۔ جیسے اُسے اپنے بیچارے باپ کی مشکلات کا پورا اندازہ ہے ۔ اور بچے رونے لگے ، ان کا رونا دیکھ کر میرا تین سالہ مُنا تتلاتی ہوئی زبان میں چلّانے لگا ، "میرا بکلا ، بکلا ——"

میں نے بازار کی صحیح صورت حال سب کے سامنے رکھ دی۔ اور بتایا کہ ایک چھوٹے بکرے کی قیمت سے بات ہوئی ہے۔ لیکن وہ ڈھائی سو سے کم نہیں اور میرے پاس صرف دو سو دس روپے تھے۔

بڑی بیٹی مجھ سے باہر نکل آئی اور اس نے گھر کی نازک صورت حال کا اندازہ کرکے فوراً ایک ایمرجنسی میٹنگ طلب کی جس میں میں شریک نہیں تھا۔ میٹنگ کے بعد پتہ چلا کہ بچے اور بچیوں نے حسب حیثیت اپنے اپنے جیب خرچ سے بچائے ہوئے پیسے بطور عطیہ دیئے ہیں۔ بڑا چندہ گھر کی بڑی بیٹی کا تھا۔ بیس روپے آٹھ آنے۔ باقی سترہ روپے پچاس پیسے دوسرے پانچ بچوں کے یہاں سے نکلے جن میں پانچ روپیوں سے لے کر پانچ آنے تک شامل تھے، اور پانچ آنے منا کے تھے —

اس طرح باقی چالیس روپے میرے ہاتھ میں آ گئے — اور میں نے محسوس کیا کہ اب ایک بڈن خاں ہی کیا ایک ہزار بڈن خاں سے میں لڑ سکتا ہوں۔ انھیں پچھاڑ سکتا ہوں کیوں کہ ان دو سو پچاس روپیوں میں منا کے پانچ آنے بھی شامل تھے۔ اور ان پانچ آنوں میں کتنی طاقت تھی۔ میں اس کا اظہار نہیں کر سکتا۔

بڈن خاں کو پتہ بھی نہیں چلا کہ میں گھر ہو آیا ہوں۔ وہ تو یہی سمجھتا رہا کہ میں وہیں کھڑا ہوا ہوں۔ وہ اپنی توند پر ہاتھ پھیرتے ہوئے مسکرایا جس کا مطلب تھا، صاحب! اگر آپ آئندہ سال تک اسی طرح کھڑا رہیں تو پیسے کم نہیں ہوں گے۔ جو کہہ دیا، کہہ دیا — کیوں وقت ضائع کر رہے ہیں آپ!

جواباً میں بھی مسکرایا اور میری مسکراہٹ میں بڑا اعتماد تھا۔ اور جس میں منا کے پیسوں کا دخل بھی شامل تھا۔ مسکراہٹ جو کہتی تھی، بڈن خاں!

آخر تم خود کو سمجھتے کیا ہو ۔ اگر میں چاہوں تو تمہارے بکروں کو کیا تمہیں بھی بکروں کے ساتھ خرید لوں !

ایک لمحے کے لیے بڈن خاں میری مسکراہٹ سے سٹپٹایا !

شام ہو رہی تھی ۔ سائے چاروں طرف پھیل رہے تھے ۔ بڈن خاں کے اطراف گاہکوں کا ہجوم کم ہوتا جا رہا تھا ۔ اور مجھے خوشی ہو رہی تھی کہ بڈن خاں کے بکروں کا بازار سرد پڑتا جا رہا ہے ۔ اور کل تو عید کی نماز کے بعد کوئی پلٹ کر بھی بڈن خاں سے بات نہیں کرے گا ۔ مجھے یقین تھا کہ بڈن خاں وہ بکرا ڈھائی سو میں کیا دو سو میں بھی مجھے دے دیگا ۔

اتنے میں ایک موٹر کار تیزی کے ساتھ قریب آکر رکی ۔ ایک ثانیہ کے لیے اس کی اڑائی ہوئی گرد میں جیسے ہر شئے چھپ گئی ۔ گرد کا بادل جب چھٹا تو موٹر سے شہر کے مشہور سٹہ بازوں کے سردار عرف چنو میاں برآمد ہوئے ۔ بڈن خاں انہیں دیکھتے ہی آداب بجا لایا ــــ اور کہا ' حضور ! آپ نے کیوں تکلیف کی ، کسی کو بھیج دیتے !

سٹہ بازوں کے سردار جو آدھے درجن ماڈرن بار اینڈ رسٹورنٹ کے مالک بھی تھے ، بڈن خاں کی بات پر قہقہہ لگائے اور کہا ' نہیں بڈن ! تو ، تو جانتا ہے کہ اس مذہبی فرض کو میں خود ہی انجام دیتا ہوں !

چنو میاں چھریرے بدن کے لمبے آدمی تھے ۔ قریب قریب پچاس کی عمر کے ۔ کھدر کے کرتے میں ملبوس ۔ اُن کی شخصیت میں صرف ایک ہی نقص تھا اور وہ یہ کہ ترچھا دیکھتے تھے لیکن اس کے باوجود وہ ہمیشہ اچھی چیزوں کا انتخاب کرتے تھے ۔ اچھی شراب کا ، اچھی عورت کا اور اچھے بکرے کا ــــ

انھوں نے ایک منٹ میں چار بکروں کا انتخاب کیا۔ اور اُس بکھے کو گھر میں پالنے کی غرض سے پسند کرلیا جس کے لیے میں دوڑا دوڑا آیا تھا ـــــ

ہائے وہ بادامی رنگ کا بڑے بڑے کانوں والا قربانی کا بکرا !

انتخاب کے بعد چنتو میاں نے قیمت پوچھی۔

اور بڈن خاں نے ادب سے کہا " حضور! میں آپ کا غلام ـــ کیا بڑھ کر لوں گا!

ٹھیک ہے بڈن! مگر بتاؤ تو اب میں تمھیں دوں کیا ؟

بڈن خاں نے دونوں ہاتھوں کو جوڑتے ہوئے کہا " حضور! پانچ سو کے حساب سے چار بڑے بکروں کے تو دو ہزار ہوگئے۔ اور چھوٹے کے چار سو ـــــ پھر سرکار کی جو مرضی ہو!

چنتو میاں نے " اونہہ " کہا اور دوسرے ہی لمحہ انھوں نے دو ہزار چار سو کے نوٹ گن کر دے دیے۔

اور میں دیکھتا ہی رہ گیا، بڈن خاں کو اور چنتو میاں کو ـــ اور مجھے یوں لگا۔ جیسے اصل میں وہ قربانی کا بکرا میں ہوں جسے صدیوں سے، ہزاروں سال سے زندگی کے اس بازار میں، سیٹھ بڈن خاں، اور چنتو میاں ذبح کرتا آرہا ہے۔ لیکن میں کب تک ذبح ہوتا رہوں گا !!

میری آنکھوں کے سامنے بچّوں کے اُداس چہرے گھوم گئے۔ ساتھ ہی بیوی خاموش خاموش مجھے تکنے لگی۔ اور میرے کانوں میں مُنّا کی تتلاتی ہوئی آواز آئی ـــــ

میرا بکلا ـــــ بکلا !! ■■

بَس اِسٹاپ پر

ابھی ابھی انڈسٹریل ایریا کی آنے والی بَس سے مَیں اُترا ہوں۔ یہ بَس یہاں سے مُڑ کر دوسری روڈ پر دوڑنے لگتی ہے۔ گھر پہنچنے کے لیے مجھے اس اسٹاپ سے دوسری بَس پکڑنی پڑتی ہے جو دو مینار کی گنبد نما مسجد تک پہنچاتی ہے۔ وہاں سے کوئی چار فرلانگ دُور میرا گھر ہے اور یہ فاصلہ مَیں چلتا ہوا طے کرتا ہوں۔ اس طرح صبح سے رات تک کوئی پچاس نہیں ساٹھ کیلومیٹر کا لمبا سفر جو میرے گھر سے شروع ہو کر دفتر اور دفتر سے گھر پر ختم ہوتا ہے۔ دو بَسوں کے سہارے اور اپنی کمزور ٹانگوں کے بَل بوتے پر پورا کرتا ہوں۔

اِس وقت مَیں کمرشیل روڈ کے بَس اسٹاپ پر کھڑا ہوا بَس کا انتظار کر رہا ہوں۔ شام ہو چکی ہے اور کمرشیل روڈ دودھیا میں نہائی ہوئی روشنیوں میں جگمگا رہی ہے ـــــ کمرشیل روڈ کی ایک طرف بنک اسٹاک ایکسچینج کا دفتر اور جویلرس کی دکان ہے تو دوسری طرف تھیٹر، میڈیکل شاپ، ریستوران اور بار ہے جو اپنے خصوصی کیبرا ڈانس کی وجہ سے سارے شہر میں مشہور ہے۔ بڑی رات تک صرف یہیں چہل پہل رہتی ہے جب کہ دوسری طرف کی دکانیں بند ہو جاتی ہیں اور چوکیدار خاکی ڈریس پہنے ہوئے ایک سرے سے دوسرے سرے تک ٹہلتا رہتا ہے۔

روز یہاں سینکڑوں معصوم انسانوں کی جیبیں کٹتی ہیں۔ فرق اتنا ہے کہ چند،

خوشی خوشی بارمیں کیبرا ڈانسر کی مسکراہٹ پر اپنی جیبیں اُلٹ کر گھر جاتے ہیں اور چند جوہری کی دکان، اور اسٹاک ایکسچنج میں اپنا سب کچھ کھو دیتے ہیں اور چند کی جیبیں بسوں میں کاٹ لی جاتی ہیں اور اس مہارت سے کہ پتہ ہی نہیں چلتا کہ یہ سب کیسے اور کیوں کر ہوتا ہے۔

میں بھی ان میں سے ایک ہوں جس کی جیب کاٹ لی گئی اور مجھے پتہ ہی نہیں چلا کہ انڈسٹریل ایریا سے یہاں پہنچنے تک کس مقام پر یہ المیہ ہوا۔

پہلی تاریخ تھی۔

میں اپنے آفس سے تنخواہ لیے لَوٹ رہا تھا۔ بارہ سو روپے یعنی ایک ہزار دو سو روپے۔ کنڈکٹر سے ٹکٹ لینے کے بعد میں اپنی نشست پر بیٹھ گیا اور میرا پرس ہپ پاکٹ میں محفوظ تھا جس کا مجھے احساس تھا لیکن جس وقت میں بس اسٹاپ پر اُتر کر عادتاً ہپ پاکٹ پر ہاتھ پھیرا تو مجھے یُوں لگا جیسے — جیسے میرا پرس۔

میں پلٹا — لیکن بس جاچکی تھی۔

"کیا جیب کٹ گئی؟"

ایک میرا ہم سفر نوجوان جو سوٹ میں ملبوس تھا، میرے ساتھ ہی بس اسٹاپ پر اُترا۔ اور حیرت سے اُس نے مجھے دیکھتے ہُوئے پوچھا۔

میرے حلق سے آواز نہ نکل سکی۔ اس لیے جواب میں، مَیں نے اپنے ہاتھ کی انگلیاں ہپ پاکٹ میں ڈال کر اندر سے باہر نکال لیں۔

"آئی یم سوری" اُس نے کٹی ہوئی جیب کو دیکھتے ہُوئے کہا۔ "کتنے پیسے تھے؟"

"پیسے بارہ سو روپے — ایک مہینہ کی تنخواہ۔"

بڑی مری ہُوئی آواز میں اپنے جسم کی قبر سے مَیں نے جواب دیا۔

"او ——— مائی گاڈ" اُس نے کہا اور ایک لمحے کے لیے اس نے مجھے یوں دیکھا جیسے اپنی نظروں کی ترازو میں مجھے تول رہا ہو کہ میں صحیح کہہ رہا ہوں یا غلط۔ اطمینان کے بعد کچھ سوچ کر اُس نے جیب میں ہاتھ ڈالا اور سو کی نوٹ میرے ہاتھ میں تھماتے ہوئے بولا، اگر زندگی میں کبھی ملاقات ہوجائے تو لوٹا دینا۔

پُرانے شہر کو جانے والی ہر بس آرہی ہے لیکن دو مینار کی مسجد کو جانے والی بس نمبر اکیس ابھی نہیں آئی جس کا مَیں انتظار کر رہا ہوں ـــ اگر آتی بھی ہے تو اتنی لدی ہوئی ہوتی ہے کہ اس کو کیچ کرنا مشکل ہی نہیں محال ہوجاتا ہے صرف پہلوان قسم کا کوئی پاسنجر ہی زور آزمائی کرسکتا ہے۔

ابھی ابھی بس نمبر ۲۱ لدی لدائی آئی اور ہوا کے ایک تیز جھونکے کی طرح گزر گئی ـــ باوجود کوشش کے مَیں اُسے کیچ نہ کرسکا۔ فٹ بورڈ پر بھی قسم کے چند نوجوان ہینڈل کو پکڑے ہوئے جھول رہے تھے۔ مَیں نے سوچا ٹھیک ہے۔ دوسری بس سے چلا جاؤں گا اور دوسری بھی نہ ملی تو تیسری سے جیسا کہ روز ہوتا ہے کھانا ٹھنڈا ہی سہی میز پر رکھا ہوگا۔ روز کی طرح کھا کر سو جاؤں گا۔ بیوی کو جگانا بھی مجھے اچھا نہیں لگتا۔ دن بھر بچوں کا کام کاج کرتی ہوئی وہ تھک جاتی ہے اور اِدھر میں کون سا تازہ دَم رہتا ہوں۔ بسیں آدھی جان لے لیتی ہیں اور باس لمبے چوڑے اسٹیٹمنٹس ٹائپ کرواکر آدھی جان لے لیتا ہے۔ باقی کیا بچا؟ اور جب سے اُس نے بارہ سو روپے کا قرض دیا ہے اَور زیادہ حکم چلانے لگا ہے۔ پانچ منٹ اگر میں دیر سے آفس پہنچوں تو اُسے برداشت نہیں ہوتا اور اس طرح چیخنے لگتا ہے جیسے میں اُس کا زر خرید غلام ہوں ـــ اس کی چیخوں اور میری ساتھی ٹائپسٹ مسز بلقیس بیگم کی مسکراہٹوں میں ایک خاص قسم کا تال میل ہے۔ جیسے جیسے وہ مسکراتی جاتی ہے

ویسے ویسے میرا بلڈ پریشر بڑھتا جاتا ہے اور جی میں آتا ہے کہ اُسے اُٹھا کر نیچے سڑک پر ۔۔۔

لیکن خود پر قابو پاتے ہوئے جواباً میں بھی مسکراتا ہوں، جس کا مطلب ہوتا ہوتا ہے، بیگم صاحبہ اور مسکرا لیجئے۔ میں بھی دیکھوں گا کتنے دن یہ مسکراہٹ آپ کے چہرے پر باقی رہتی ہے۔

سالی کیا نخرے دکھاتی ہے! عبداللہ چپراسی بڑبڑاتا ہے اور میری کرسی کے قریب آکر سرگوشی کے لہجے میں کہتا ہے۔ صاب آپ چپ کیوں رہتا ہے جاکر باس سے کیوں نہیں کہتا کہ اُسے بھی کام دو۔ کیا اُسے چٹک مٹک کی تنخواہ ملتی ہے؟

عبداللہ کی اس زبانی ہمدردی سے میرا موڈ ایک لخت بدل جاتا ہے اور میں سگریٹ جلا کر ہوا میں دھواں پھونکتے ہوئے مسکرا کر کہتا ہوں، عبداللہ! تمہاری خفگی سر آنکھوں پر۔ لیکن تم یہ کیسے کہہ سکتے ہو کہ مسز بلقیس بیگم کام نہیں کرتیں۔ کیا تم نہیں دیکھتے کہ وہ باس کے کمرے میں جاکر دو دو گھنٹے ڈکٹیشن لیتی ہے بلکہ اتوار کو بھی جو چھٹی کا دن ہوتا ہے وہ بڑی دور سے ڈکٹیشن لینے کے لیے آفس آتی ہے۔

"مجھے سب کچھ معلوم ہے ساب۔ سب کچھ۔ سالی۔" عبداللہ بڑبڑاتا ہے۔

اور ساتھ ہی مجھے کچھ سکون نصیب ہوتا ہے۔

لیکن مسز بلقیس بیگم کی مسکراہٹ اور باس کی چھیڑیں ۔۔۔ میں زیادہ برداشت نہیں کر سکوں گا۔ ایک دن پھٹ پڑوں گا۔ لیکن وہ دن آنے ہی کیوں دوں؟ اس سے پہلے ہی میں قرضے کا حساب کتاب چکتا کر کے کہیں دوسری جگہ نوکری کیوں نہ ڈھونڈ لوں۔ کیا بکواس ہے۔ میرے اندر کے آدمی نے ڈانٹ پلائی۔ کیا نوکریاں بازار میں بک رہی ہیں جسے جاکر تم خرید لوگے۔ قرضے میں ابھی تک سو سو کی چار پانچ قسطیں

ہی تم نے ادا کی ہیں۔ باقی آٹھ نو سو روپے تم کہاں سے لاؤ گے۔ جیب کٹی ہے اور قرض لیا ہے تو حالات سے لڑنے کا حوصلہ بھی سیکھو۔

ٹھیک ہے۔ میں نے اندر کے آدمی سے کہا۔ اب بک بک مت کرو۔ لیکن تم دیکھ لینا۔ ایک دن قرض کی آخری قسط باس کے منہ پر پھینک کر کہیں چلا جاؤں گا۔ ایک دن ـــــ لیکن کہاں ؟

میں سوچ رہا ہوں۔ بس اسٹاپ پر میری طرح اور بھی کئی پاسنجر کھڑے اپنی اپنی بس کا انتظار کر رہے ہیں۔ کمرشیل روڈ ایک رقاصہ کی طرح اپنے پاؤں میں گھنگھرو باندھ کر ناچ کے لیے تیار بیٹھی ہے۔ چکاچوند روشنیوں میں جوان جوڑوں، نوجوان لڑکیوں اور لڑکوں کے مسکراتے چہرے چمک رہے ہیں انھیں دیکھ کر اس بات کا احساس ہوتا ہے کہ زندگی نے موت کو شرمناک شکست دی ہے۔ لیکن یہ کیا ـــــ یہ کس کا جنازہ جا رہا ہے۔ ہاں یاد آیا۔ یہ تو شاعر اور افسانہ نگار انور شریف کا جنازہ ہے جسے کندھوں پر اٹھائے اس کے احباب اور رشتہ دار بھاگ رہے ہیں۔ سڑک کی مسکراتی ہوئی فضا ایک لخت بدل گئی ہے۔ جنازہ جا رہا ہے۔ جنازہ جا چکا ہے۔ لیکن انور شریف اپنے کھٹولے سے کود کر پھر یہاں آ گیا ہے۔ وہ دیکھئے وہ نشے میں دھت' لڑکھڑاتا ہوا فٹ پاتھ سے گزر رہا ہے۔

میں دیکھ رہا ہوں۔ برسوں سے میں اسے دیکھتا آیا ہوں۔ وہ روز اسی سڑک سے گزرتا ہے۔ ابھی ابھی وہ گزرا ہے۔ اُس کے دوست اُس کے خالی جنازے کو اٹھا کر بھاگ گئے لیکن بیچ راستے میں وہ اپنا سفر منقطع کر کے ادھر ٹھہر گیا اور روز اسی طرح یہاں سے گزرتا رہے گا۔ کیوں کہ یہاں اس نے اپنی ہر حقیقی شئے کھو دی

ہے۔ اپنی صحت، اپنی عمر اور اپنی دوکان شاید انہی کو ڈھونڈنے کے لیے وہ آتا ہے اور آتا رہے گا۔ بار سے ذرا آگے جو ہوٹل ہے وہاں اُس کی دوکان شمشاد جنرل اسٹور تھی جہاں شام کو اس کے دوست جمع ہوتے اور وہ اپنے کاروبار کو بند کر کے اُنھیں بار لے جاتا اور وہ سب شراب کا ایک ایک گھونٹ اپنے حلق سے نیچے اتارتے ہوئے اس کی افسانہ نگاری اور شاعری کی تعریف میں واہ، واہ کرتے۔ پہلے اسے شہر کا بڑا افسانہ نگار مانا گیا۔ اور بعد میں اُسے ملک کا بڑا ادیب کہا جانے لگا۔ برصغیر کا فن کار کہنے کی نوبت اس لیے نہیں آئی کہ اس کی دوکان پر ایک بڑا قفل پڑ چکا تھا۔ اور وہ آسمان سے زمین پر آچکا تھا۔

دیکھیے ـــــ دیکھیے وہ جارہا ہے۔

میں بس اسٹاپ پر کھڑا ہوا یہ سب تماشے دیکھا کرتا ہوں۔ بہت کم لوگ ہوں گے جو کمرشیل روڈ پر سے خود کو بچا کر گزرے ہوں۔ ورنہ کمرشیل روڈ ہر معصوم اور شریف آدمی کو لوٹ لیتی ہے۔ مجھے بھی لوٹ لیا گیا ہے ـــــ میری پوری ایک مہینے کی تنخواہ ـــــ بارہ سو روپے یعنی ایک ہزار دو سو روپے

کوئی مذاق کی بات نہیں۔ مجھ جیسے غریب ٹائپسٹ کے لیے یہ زندگی کا بڑا حادثہ ہے۔ جب بھی مجھے اپنی جیب کے کٹنے کا خیال آتا ہے تو میرے سر میں درد ہونے لگتا ہے اور مجھے اُبکائی آنے لگتی ہے، جیسے میں نے مکھی کھالی ہے۔ اُس کے ساتھ ہی باس کا تمتمایا ہوا لال بھبوکا چہرہ میرے سامنے گھومنے لگتا ہے۔ اور ساتھ ہی اس کی بلند ہوتی ہوئی چیخیں اور آگ کی طرح پھیلتی ہوئی مسز بلقیس بیگم کی مسکراہٹ ـــــ

— میں اب برداشت نہیں کر سکوں گا۔ ایک دن اس کے مُنہ پر قرض کی آخری قسط پھینک کر کہیں چلا جاؤں گا۔ لیکن کہاں۔ کہاں۔ بک بک مت کرو۔ چُپ رہو۔ میرے اندر کا آدمی مجھے ڈانٹ پلاتا ہے — میرا بلڈ پریشر بڑھ گیا ہے بس اسٹاپ پر میں کھڑا سوچ رہا ہوں۔ چاروں طرف اُجالا ہے اور میرے دل کے اندر سنسناتا ہوا اندھیرا ہے اس گُپ اندھیرے میں روشنی کی ایک کرن چمک چمک کر غائب ہو جاتی ہے۔ اس روشنی کو میں نے تین چار بار دیکھا ہے۔ لیکن اُسے دیکھتے ہی میں نے خود کو بھیڑ میں چھپا لیا لیکن ایک بار آنکھیں چار ہوگئیں۔ میں نے اس سے کہا "آئی ایم ویری سوری — میں اب تک آپ کو پیسے لوٹا نہیں سکا۔ بہت شرمندہ ہوں — وہ میرے قریب آیا اور میرے کندھوں کو تھپتھپاتے ہوئے بولا، نو پرابلم — ڈونٹ وری —

مجھے اس کا پُر سکون چہرہ یاد ہے یقیناً وہ کسی لمیٹیڈ کمپنی کا منیجر یا کسی دفتر میں اعلیٰ عہدہ پر فائز ہوگا۔ وہ یقیناً میری مدد کر سکتا ہے۔ میں اس سے کہوں گا، مسٹر آپ مجھے اپنا پی۔ اے بنا لیجئے یا اپنے دفتر میں نوکری دے دیجئے، میں یقین دلاتا ہوں کہ مجھ جیسا ایماندار اور شریف آدمی آپ کو شہر میں نہیں ملے گا۔ لیکن یہ سب میں اس سے کیسے کہہ سکتا ہوں جب کہ مجھے اُس کا اتا پتا معلوم ہے اور نہ نام — میں اسے کہاں ڈھونڈنے جاؤں —

انڈسٹریل ایریا کی وہی بس آرہی ہے جس میں میری جیب کٹی تھی۔ مجھے اس بس سے شدید نفرت ہے لیکن اس کے باوجود میں روزانہ اسی بس سے آتا ہوں، اور رات میں دوسری بس سے گھر چلا جاتا ہوں۔

بس آرہی ہے۔ بس آچکی ہے۔ کھچا کھچ بھری ہوئی بس سے لوگ آہستہ آہستہ نیچے اُتر رہے ہیں۔ میں دیکھ رہا ہوں سوٹ میں ملبوس اس نوجوان کو جو میرے لیے

روشنی کی ایک کرن ہے۔ واہ واہ ابھی میں نے اس کے بارے میں سوچا تھا اور اب میں وہ مجھے نظر آرہا ہے۔ ابھی میں اس سے مل کر سب کچھ طے کر لیتا ہوں۔ اگر پیشگی تنخواہ مل جائے تو اپنے باس کے منہ پر نوٹوں کا بنڈل پھینک کر مسز بلقیس کو مسکرا کر دیکھوں گا اور اُسے بتاؤں گا کہ میں کون ہوں! ـــــ میں دیکھ رہا ہوں اس نوجوان کو جو بس کے فٹ بورڈ سے نیچے اُتر رہا ہے میں بھی بس اسٹاپ سے اُتر کر اُس کے قریب پہنچ رہا ہوں لیکن یہ کیا ـــــ میں دیکھ رہا ہوں دو پولیس کانسٹبلوں کو جو اُس کی دونوں باہوں کو پکڑے ہوئے ہیں اور پیچھے پولیس سب انسپکٹر ہے ـــــ "لیکن آپ اس نوجوان کو کیوں لیے جا رہے ہیں؟" میں پوچھتا ہوں!

"کیا آپ اسے جانتے ہیں!" "ہاں ـــ ہاں! میں اسے جانتا ہوں۔ یہ میرا وہ محسن ہے جس نے میری جیب کٹنے کے بعد مجھے سو روپے دیئے تھے۔

ونڈرفل ـــ انسپکٹر مسکرا کر کہتا ہے، حضور یہ وہ مشہور پاکٹ پلیر ہے جس نے پرانے شہر میں کئی شریف لوگوں کی جیبوں پر اپنے ہاتھ صاف کئے اور اب نئے شہر میں

"... یہ آپ کیا کہہ رہے ہیں!"

"آپ خود پوچھ لیجئے!" انسپکٹر جواب دیتا ہے۔

میں اس نوجوان کی طرف نظر اٹھا کر دیکھتا ہوں!

وہ مسکرا کر کہتا ہے "نو پرابلم۔ ڈونٹ وری!"

روشنی کی کرن چمک کر غائب ہو گئی ہے۔ میں آہستہ آہستہ قدم اُٹھاتا ہوا پھر بس اسٹاپ پر آگیا ہوں۔ دل کا اندھیرا ماحول میں پھیل چکا ہے سامنے انور شریف لڑکھڑاتا ہوا فٹ پاتھ پر اپنی کسی کھوئی ہوئی چیز کو ڈھونڈ رہا ہے اور میں

ـــ میں بس اسٹاپ کی ریلنگ کا سہارا لیے اونگ رہا ہوں!

میری بس ابھی نہیں آئی!!

■■

مٹی کا پُل

ہجوم آگے بڑھ رہا تھا!
اور سڑک کے کسی حصے یا فٹ پاتھ کے کسی گوشے سے آواز آرہی تھی
ماٹھی ملے تجھ پر کڑکڑاتی ہوئی بجلی گرے، تو کھڑا کھڑا گر کر مرجائے۔
ہجوم رُکتا، ٹھہرتا اور بل کھاتا ہوا آگے بڑھ رہا تھا۔ دفتروں، اسکولوں اور کالجوں کی طرف۔ کسی کو کسی کا ہوش نہیں تھا۔ اور کسی کو اتنی فرصت نہیں تھی کہ آواز کی طرف متوجہ ہو!
وقت نہیں ہے، وقت نہیں ہے۔ تیز چلو، اور پُل پار کرکے بس پکڑ کرو ورنہ تم پر تمہارے کارخانے یا اسکول یا کالج یا دفتر کا دروازہ بند ہوجائے گا۔ اس لیے تیز چلو۔ تیز کیوں بلکہ دوڑو۔ اگر دوڑ سکتے ہو!
ہلکی ہلکی دھوپ چاروں طرف پھیل رہی تھی۔ سڑکوں پر دوڑتی ہوئی کاروں، اسکوٹروں اور آٹو رکشاؤں کا شور تھا۔ اُن میں سے اگر کوئی ایک گاڑی رُک جاتی تو پیچھے کی گاڑیاں ہارن بجا بجا کر اُس سے کہتیں، ابے او منحوس! یہ کیا صبح صبح تونے گاڑی راستے میں روک رکھی ہے، چل آگے چل!
بھئی ہارن ذرا زور سے بجاؤ۔ جانتے نہیں ہو، ہماری جورو کا بھائی

بہرہ ہے۔ کوئی جل کر کہتا :

ٹریفک رُک جانے پر پیدل چلنے والوں کو موقع مل جاتا۔ وہ بڑی پھرتی کے ساتھ سڑک کو عبور کر لیتے یا پھر دوڑ کر ٹھہری ہوئی یا رُکتی ہوئی کسی بس کو کیچ کر لیتے، لیکن اِس بار ایسا نہیں ہوا۔ چیختی، چنگھاڑتی ہوئی کاروں۔ لاریوں اور بسوں کی ریس جاری رہی! اور ہجوم اُسی رفتار سے آگے بڑھتا رہا۔

ترُم خاں روڈ، کی دونوں طرف چھوٹی چھوٹی چند دکانیں تھیں جو بلدیہ کی اجازت کے بغیر کھول دی گئی تھیں۔ اس لیے یہ دکان دار میونسپلٹی کے خاکی وردی والوں سے بہت ڈرتے تھے اور دُور سے اُنھیں دیکھتے ہی دکانوں کو بیٹھ لگاکر کہیں رفوچکر ہو جاتے۔ ان کے علاوہ خوانچے والے چنا جور گرم سے لے کر آئس فروٹ بیچنے والے بھی اپنی آواز لگاتے لیکن کِسے اِتنی فرصت تھی کہ اِن آوازوں پر دھیان دے۔

اِدھر اُدھر بھکاری دبی دبی، اونچی اونچی اور عجیب عجیب آوازوں میں گزرنے والوں کو اپنی طرف متوجہ کرنے کی کوشش کرتے اور اُن کے دِل کے کسی حصّے میں چھُپے ہوئے ڈر یا خوف سے فائدہ اُٹھاکر مذہبی جذبے کو اُبھارنے کی کوشش کرتے۔ بچہ! دس روپے کا سوال ہے۔ صرف دس روپے کا۔ ــــــــ

ــــ بھگوان کے نام پر دیتا جا ــــ تیرا بھلا ہوگا ــــ بابا! مجھ معذور اور اپاہج کو روٹی کھلا۔ خدا تیرے اور تیرے بال بچوں کے رزق میں اضافہ فرمائے گا ارے کدھر جا رہا ہے ــــ ٹھہر ــــ صرف دس روپیوں کا سوال ہے۔

اس فقیر کی دُعا لیتا جا ــــ ورنہ یاد رکھ تو جس کام پہ جا رہا ہے وہ نہیں ہوگا!

لیکن وہ آواز کہاں سے آئی تھی جس نے ایک ثانیے کے لیے اُسے اپنی طرف متوجہ کر لیا تھا۔ سخت اور سپاٹ سی آواز جو کہیں آس پاس ہی کہیں کھو گئی۔ دل کو زخمی کرتی ہوئی۔ ماٹھی ملے۔ تجھ پر سے بس گزر جائے۔ چیل اور گدھ تیرا گوشت کھائیں۔ تو کس کے لیے پیدا ہوا رے۔ جا اپنی ماں کے پاس جا۔ مگر کون ہے تیری ماں! خیراتی اولاد! اب میں تجھے زندہ نہیں چھوڑوں گی مار ڈالوں گی۔ جان سے مار ڈالوں گی۔ سُنا تو نے۔

ساتھ ہی اُس نے دیکھا کہ ایک عورت ایک بچّہ کو بے تحاشہ مار رہی ہے۔ دُبلی پتلی ادھیڑ عمر کی عورت کے چہرے پر قاتلوں جیسی سختی اور آنکھوں میں سوکھے کنوئیں کی ریت تھی۔ بچے کی عمر کوئی دس سال تھی۔ اُس کے چہرے پر معصومیت اور شرافت تھی۔ بچّہ کسی نامعلوم اور اندرونی خوف سے لرز رہا تھا اور کہہ رہا تھا، مجھے معاف کر دے ماں! اب میں تیری ہر بات سُنوں گا۔

پاس سے گزرتے ہوئے ایک شخص نے دوسرے سے کہا، شنکر! دیکھتے ہو، اس بوڑھی چڑیل کو۔ یہ چھوٹے چھوٹے گاؤں اور دیہاتوں سے بچوں کا اغوا کرتی ہے اور اُنھیں شہر لا کر مختلف سڑکوں پر اِن سے بھیک منگواتی ہے۔ دیکھو نا! وہ کتنا پیارا بچّہ ہے ——

شنکر نے اپنے دوست سے کہا، ٹھیک ہے بھائی لیکن اب میں اِس بچّہ کو دیکھ کر کیا کروں گا جب کہ میری نظروں کے سامنے میرے آفس مینجر کا سیاہ تمتمایا ہوا چہرہ گھوم رہا ہے جو حاضری رجسٹر میں میرے نام کے ساتھ لال نشان لگا کر میرے قتل نامے پر باس کی

دستخط لے رہا ہوگا۔ بھئی! نو بج چکے۔ سچ مچ آج بڑی دیر ہوگئی۔ چل، ذرا تیز قدم بڑھا۔ آخر تجھے کیا ہوگیا ہے۔ یہ کیا آلتو فالتو باتیں سوچ رہا ہے۔ اِس فقرے پر اُسے ہنسی آگئی۔ لیکن اپنی ہنسی پر قابو پاتے ہوئے وہ ہلکا سا مُسکرایا اور پھر اپنے ذہن، دماغ اور دل سے تمام باتوں کو نکال کر وہ ہجوم کے ساتھ ساتھ قدم سے قدم ملا کر چلنے لگا۔ جیسے صبح صبح میدان میں فوجی پریڈ کر رہے ہوں!

ترُم خاں روڈ کے ختم پر مٹی کا پُل تھا جس کی ابھی حال حال میں تعمیر مکمل ہوئی تھی اور جس پر سے چلتے ہوئے اُسے ہمیشہ خوف ہوتا تھا۔ کیا جانے نیچے بہتی ہوئی ندی کی کوئی اُونچی لہر مٹی کے پُل کو بہالے جائے سُنا کہ بڑے چھوٹے انجینئروں نے سمنٹ کے دام لے کر اپنے اپنے بنگلے تعمیر کر لیے اور عوام کے لیے مٹی کا تودہ کھڑا کر دیا!

پُل تعمیر ہو چکا تھا لیکن ابھی اُس کے کناروں پر ریلنگ لگائی گئی تھی اور نہ بجلی کے چھوٹے چھوٹے کھمبے نصب کیے گئے تھے۔ اس کے باوجود اس پر ہجوم رہتا، دن تو دن ہے۔ لیکن رات کے اندھیروں میں بھی تیز رفتار گاڑیاں اس پُل پر دوڑتی نظر آتیں اور لوگ بغیر ریلنگ کے سہارے پُل پر سے گزرتے رہتے۔ اور کوئی حادثہ نہ ہوتا اور لوگ اسی طرح اندھیرے میں ہاتھ پَیر مارتے ہوئے اپنے اپنے گھروں کی جنّت میں داخل ہو جاتے۔ اُس جنّت میں جہاں بھوک، پیاس، بیماری اور اِفلاس کا

اندھیرا رہتا۔ پُل کے اس اندھیرے سے وہ کیا ڈریں جب کہ وہ اپنی ساری زندگی اندھیروں میں بھٹکتے رہتے ہیں۔ البتہ وہ روشنیوں کو برداشت نہیں کر سکتے تھے۔ جانے وہ کون لوگ تھے جو برسوں سے اس پُل پر سے گزر رہے تھے اور اُف تک نہیں کرتے تھے۔ ان کے مقدر کی طرح یہ پُل بھی نہیں بدلا تھا۔ لیکن وہ تو اس پُل پر سے گزرتے ہوئے کانپ کانپ جاتا تھا۔ لیکن اِس بار وہ کانپا نہیں بلکہ اُسے پاس سے گزرنے والے اُس شخص کے فقرے پر اُسے ہنسی آ گئی جس نے کہا تھا ——— کیا کہا تھا اُس نے ؟

اُس نے اپنے دل اور دماغ سے تمام باتیں کھرچ کھرچ کر نکال پھینکیں اور نیچے ندی کے گدلے پانی کو دیکھنے لگا جو دھوپ میں چمک رہا تھا!

شام ہو چکی تھی!

وہ تھکے ہوئے قدموں کے ساتھ ساتھ گھر لوٹ رہا تھا!

پُل پر جب کبھی کوئی بھکاری یا بھکارن اُس کے سامنے ہاتھ پھیلاتی تو اُسے وہ بوڑھی چڑیل یاد آجاتی جو ایک معصوم بچے کو ایک صبح بے تحاشہ مار رہی تھی اور پھر اُسے وہ منظر بھی یاد آجاتا جب اُس چڑیل کی چھپکلی جیسی لاش پُل کے کنارے پڑی ہوئی تھی اور اُس پر ایک میلی کچیلی چادر تنی ہوئی تھی، اُس کا مُنہ کھلا تھا اور سرہانے وہ معصوم بچہ بیٹھا ہر گزرنے والے کو سلام کر رہا تھا۔ اور لوگ چونی اٹھنی اور روپیہ قریب بچھے ہوئے کپڑے پر پھینک کر اپنی اپنی

جنتوں کی طرف بھاگے جا رہے تھے۔

اُس دن وہ چلتے چلتے رُک گیا اور بچے کی ہتھیلی پر پانچ کی نوٹ رکھتے ہوئے اُس نے نعش کی طرف دیکھا اور جیسے دل ہی دل میں کہا ، او بوڑھی چڑیل ! میں آج تیری چتا کے لیے پانچ روپے نذر کر رہا ہوں تاکہ جلد ہی تیرا ناپاک وجود جل کر خاک ہو جائے۔ پتہ نہیں تو نے اب تک کتنے معصوم اور نامعلوم بچوں کی زندگی تباہ کی۔ تیرے اس حشر کو دیکھ کر واقعی مجھے خوشی ہو رہی ہے اور اسی خوشی میں پانچ روپے ۔

اُسے سب کچھ یاد آگیا۔ جب اُس کی نظر بچے پر پڑی۔ نہیں بچے کی میت پر پڑی۔ وہ چونک اُٹھا اور چلتے چلتے ایک لمحے کے لیے ہجوم سے جُدا ہو کر میت کے پائنتی کھڑا ہو گیا۔ وہ بچہ اسی طرح خاموش پڑا تھا جیسے وہ سو رہا ہو۔ اُس کے سرہانے اگربتیاں جل رہی تھیں۔ لوگ گزرتے ہوئے اُس کے قریب بچھی ہوئی چادر پر سکے پھینک رہے تھے۔

اس بار اُس نے اپنی جیب سے پانچ روپے کی نوٹ نکالی اور اُس کی سمجھ میں نہیں آیا کہ وہ کیا کرے۔ ایک انجانا سا غم اور دُکھ اُس کے دل اور روح کے کسی گوشے میں اُٹھ رہا تھا جیسے یہ اُس کا ذاتی نقصان تھا۔ ارے تو نے اتنی جلدی کیوں کی۔ اس دُنیا

سے جانے کی ؟ کیا تو اِتنا تھک گیا تھا۔ وہ جیسے اندر ہی اندر بڑبڑایا اُس کا جی چاہا کہ میّت کے سر پر اپنا ہاتھ پھیرے اور اُس سے کہے ـــــ خدا حافظ !

لیکن جیسے ہی پائنتی سے سرہانے جاکر اُس نے میّت کے سر پر آہستہ سے ہاتھ رکھا، اُس نے دیکھا کہ میّت میں حرکت ہورہی ہے۔ وہ چونک گیا۔ میّت نے اُٹھ کر کسی اَن جانے خوف کے زیرِ اثر کانپتے ہوئے کہا، میں نے کچھ نہیں کیا۔ وہ مجھ سے ایسا کرنے کو کہتی ہے ـــــ وہ ! ـــــ وہ ـــــ !!

جب اُس نے گھوم کر دیکھا تو اُس کی حیرت کی حد نہ رہی کہ وہ بوڑھی چڑیل زندہ ہے اور اپنے دونوں ہاتھوں سے سلام کرتی ہوئی غریب بچّے کے کفن دفن کے لیے پیسے مانگ رہی ہے لیکن ـــــ !

لیکن کسی نے کچھ نہیں دیکھا۔ کیونکہ سب ہجوم میں شامل تھے اور ہجوم آگے بڑھ رہا تھا ـــــ

■■

ایک پیالی چائے

بڑی دیر سے وہ آئینے کے سامنے کھڑی تھی۔

اور اُسے پتہ ہی نہ چل سکا کہ اُس کی اچھی سہیلی نجمہ کب سے پلنگ پر بیٹھی ہوئی اُسے بغور دیکھ رہی ہے۔

وہ سوچ رہی تھی کہ آخر اُس میں کیا کمی ہے۔ کنگھی کرتی ہوئی اُس نے ناک کی سیدھ میں مانگ نکالی۔ خود کو ایسے ہی دیکھا جیسے وہ، وہ نہیں کوئی اَور ہے۔ اُس نے دیکھا اُس کے سامنے ایک شہزادی کھڑی ہے۔ اُس شہزادی کو ایک بار دیکھنے کے بعد جی چاہتا تھا کہ دیکھتے ہی رہیں۔ چاندنی میں دھلا ہوا جسم، اونچا قد، کتابی چہرہ اور روشن آنکھیں، مسکراتی ہوئیں اور بولتی ہوئیں آنکھیں۔ لیکن نہ جانے ان آنکھوں کو کیا ہوگیا تھا۔ یہ آنکھیں کچھ دنوں سے کچھ سوچتی ہوئیں اور کچھ پوچھتی ہوئیں معلوم ہوتی تھیں۔ آخر کیا کمی ہے مجھ میں؟

تم میں کچھ کمی نہیں ہے۔ تم ہزاروں اور لاکھوں میں ایک ہو۔ تم جس گھر میں جاؤگی وہ اُس دنیا کا خوش قسمت شخص ہوگا۔ تم صرف نام کی نہیں بلکہ سچ مچ کی شہزادی ہو۔ جیسے کوئی اُس کے اندر بیٹھا کہہ رہا تھا۔

اُس نے خود کو نیچے سے اوپر اور پھر اُوپر سے نیچے تک دیکھا اور پھر اُس

نے سوچا کہ وہ ایک ایسی بدنصیب شہزادی ہے جس کو حاصل کرنے کے لیے اب تک کوئی شہزادہ نہیں آیا!

نہیں یہ غلط بات ہے۔ جیسے کسی نے تردید کی۔ البتہ کسی نے مجھے پسند نہیں کیا۔ نہیں یہ بھی تم جھوٹ کہتی ہو۔ سامنے آئینے میں نظر آنے والی شہزادی نے اُسے جواب دیا۔

تو پھر کیا وجہ ہے کہ میں اب تک گھر میں بیٹھی ہوئی ہوں اور اب تک کسی شہزادے نے میرے ہاتھ کو تھاما ہی نہیں!

صرف اس لیے کہ تیرے ابّو کے پاس دینے کو ریفریجریٹر، کولر، صوفہ سیٹ ٹیلی ویژن، ٹیک کا فرنیچر، گودریج کی الماریاں اور اسکوٹر نہیں۔ اور ہر ایک جو گھر پر دستک دیتا ہے یہی پوچھتا ہے۔ کسی نے اندر سے کہا۔

وہ سوچتی ہی چلی گئی۔ اور اُسے نانی اماں اور دادی اماں کی سنائی ہوئی وہ کہانیاں یاد آگئیں جب شہزادے اپنی شہزادیوں کی خاطر تخت و تاج کو چھوڑ کر جنگل جنگل، ملک ملک اور گاؤں گاؤں گھومتے پھرتے تھے۔ جانے وہ کیسے شہزادے تھے۔ اُس نے سوچا۔

یہ تیرھواں لڑکا تھا جو اُس کے گھر پر آرہا تھا۔ اس کا مطلب ہے ابّو کے لیے زائد خرچ، آخر بابا کب تک ان آنے والوں کے لیے ریفریشمنٹ کا انتظام کرتے رہیں گے۔ اور کب تک وہ ان کے سامنے جھکی جھکائی سمٹی سمٹائی بیٹھی رہے گی کاش وہ پیدا ہی نہ ہوتی۔ اور اپنے بابا کے لیے پریشانیوں کا باعث نہ بنتی۔

کیا اس بار بھی ایسا ہی ہوگا جیسے اس سے پہلے ہوا تھا، ایک اَن جانا خوف

اُس کے دل اور اُس کی روح کو متھ رہا تھا۔ اس خوف سے وہ کانپ کانپ گئی اور اُس کے ساتھ ہی اُس کی آنکھیں بھر آئیں!

نجمہ جو دُور بیٹھ کر یہ تماشہ دیکھ رہی تھی تیزی کے ساتھ اُٹھ کر اُس کے قریب آئی۔ اور اُسے گلے لگاتے ہوئی، پگلی! یہ کیا۔ یقین کر یہ لڑکا جو آرہا ہے بہت اچھا ہے۔ نمازی، پرہیزگار اور اُس کے گھر والے بھی۔ وہ ایک پیسہ نہیں چاہتے۔ وہ تو چاہتے ہیں کہ اسلامی نظریات کے عین مطابق نکاح ہو۔ اور وہ بھی مسجد میں۔ صرف ایک پیالی چائے پر۔ اور اس سے زیادہ کچھ نہیں۔ چل ہنس دے۔ مُسکرا دے ــــ

نجمہ نے شہزادی کے پیٹ کو کچھ اس طرح گدگدایا کہ وہ روتی ہوئی ہنس دی اور ہنستے ہنستے رو دی۔ لیکن اندر ہی اندر شہزادی کا دل کہہ رہا تھا کہ شاید، اِس بار کچھ بات بن جائے۔ ایک اَن جانی خوشی اور خوف کے زیرِ اثر اُس نے اپنی سہیلی نجمہ سے پوچھا ہی نہیں کہ وہ کب آئی اور کتنی دیر سے کمرے یا بیٹھی ہوئی؛ اُس کے پاگل پن کو دیکھ رہی ہے۔

پھر مردانے سے آوازیں آنے لگیں "دُلہا والے آگئے ــــ آگئے۔

آئینہ کے سامنے سے وہ فوراً ہٹ گئی جیسے وہ کوئی گناہ کر رہی تھی اپنے پلنگ پر جا کر وہ خاموش بیٹھ گئی۔ پتہ نہیں کب بُلاوا آئے اور کب اُسے جھکی جھکی، سمٹی سمٹائی کسی کے ساتھ دالان تک جانا پڑے اب وہ خود اپنے دل کی دھڑکن سُن رہی تھی۔ دھڑ ــــ دھڑ دھڑ!!

پھر اُسے بُلاوا آیا۔ اُس کی اچھی سہیلی نجمہ اُس کا ہاتھ پکڑ کر آہستہ آہستہ اُسے لے گئی جیسے اُس کے پاؤں کو مہندی لگی ہے اور کہیں وہ گر نہ جائے۔

نجمہ کے کہنے پر وہ آنکھیں بند کئے ایک مقام پر بیٹھ گئی۔ سبھوں نے اُسے دیکھا۔ بچوں نے دیکھا۔ بڑوں نے دیکھا۔ اور پھر اُس کی ہونے والی ساس نے اُسے اُٹھا بٹھا کر اور چلا کر دیکھا اور چٹ چٹ بلائیں لیں۔ اور پھر اعلان ہوا کہ وہ پسند کر لی گئی!

مردانے میں دونوں سمدھیوں نے ایک دوسرے کا منہ میٹھا کیا۔ اور پھر گلے ملنے لگے۔ اب صرف نکاح کی تاریخ طے ہونی تھی اور نکاح بھی مسجد میں ہوگا۔ صرف ایک پیالی چائے پر۔ کون کہتا ہے کہ اس دنیا میں اچھے لوگ نہیں ہیں۔ وہ یہاں آئیں اور آکر دیکھ لیں کہ اب بھی انسانیت باقی ہے۔ اور انسان زندہ ہے۔ نجمہ سچ کہتی تھی کہ لڑکا بے حد شریف ہے۔ اور اُس کے گھر والے بھی۔ اُس نے سوچا، اللہ وہ بھی کتنے اچھے ہوں گے!

وہ سوچتی ہی چلی گئی۔ اب میرے ابو اچھے ابو کی پریشانیاں دور ہو جائیں گی ورنہ ہزاروں روپے وہ کہاں سے لاتے۔ دفتر کا ایک کلرک کیا اور اُس کی تنخواہ کیا؟ اے اللہ تو میرے ابو کی مدد اسی طرح فرما۔ اور دوسری بہنوں کے رشتے کے وقت ایسے ہی فرشتوں کو بھیج دے۔

اِنَّ اللّٰہَ عَلٰی کُلِّ شَیْءٍ قَدِیْر

بے شک اللہ ہر شے پر قادر ہے۔ اُس نے دل ہی دل میں کہا اور اللہ کا شکر ادا کیا۔

مولوی نصیر کسی دفتر میں اکونٹنٹ تھے۔ پیٹ میں ڈھیر سے پانچ لڑکیاں تھیں اور ان میں بھی ایک سے بڑھ کر ایک خوبصورت۔ اور وہ اُن

میں بھی ایک سے بڑھ کر ایک خوبصورت۔ اور وہ ان میں سب سے بڑی تھی۔
ہر لڑکی کی پیدائش پر عزیز واقارب کہتے، داماد مبارک ہو۔ جس کا مطلب ہوتا ابھی سے جہیز جمع کرو۔

لیکن نصیرالدین، بات کو سمجھ کر دل ہی دل میں کہتے، لڑکیوں کا اصلی جہیز تو اُن کی تعلیم ہے۔ اس لیے انھوں نے اپنی تمام بچیوں کو پڑھایا اور پڑھا رہے تھے۔ شہزادی نے حال حال میں بی۔ اے درجہ اوّل میں پاس کیا تھا۔ اپنے کالج کی وہ ذہین ترین طالبہ سمجھی جاتی تھی۔ لیکن کیا مجال جو اُس کی طرف کوئی نظر اُٹھا کر دیکھ لے۔

مولوی نصیرالدین کو جب بھی ان کی بیگم، لڑکیوں کی شادی بیاہ کی طرف توجہ دلاتیں تو وہ قہقہہ لگا کر کہتے، بیگم! تم خواہ مخواہ پریشان ہوجاتی ہو۔ اللہ بہت بڑا ہے۔ وہ کسی نہ کسی شریف لڑکے کو ہمارے گھر ضرور بھیج دے گا۔

اور وہ شریف لڑکا اور اس کے بزرگ بغل والے کمرے میں بیٹھے ہوئے تھے۔ مبارک باد کی آوازیں آرہی تھیں۔ بغیر لین دین کے ہر چیز طے ہوگئی تھی۔ سُبحان اللہ ـــــ ماشاءاللہ!

کتنی مثالی اور آئیڈیل شادی ہوگی۔ سیدھی سادھی بغیر جہیز اور باجے گاجے کے۔ اور ہاں بغیر سہرے کے۔ سو فیصد اسلامی اور شرعی شادی۔ سُبحان اللہ ـــــــــ ماشاءاللہ!

لیکن

لیکن کیا؟ نصیرالدین نے پوچھا۔

بھئی کچھ نہیں۔ لڑکے کے والد نے اپنے مُنہ میں پان رکھ کر اپنی

نورانی داڑھی پر ہاتھ پھیرتے ہوئے کہا، آپ سے ایک استدعا ہے ــ

نہیں ــ نہیں آپ کیا فرما رہے ہیں، نصیرالدین موم کی طرح پگھل کر بولے آپ حکم دیجئے ــــ تعمیل ہوگی ۔

حکم نہیں ۔ آپ کی خدمت میں ایک درخواست ہے ۔ استدعا ہے، اور وہ یہ کہ ہمارا بچہ باہر جانا چاہتا ہے ۔ آپ اُس کے ویزا اور ٹکٹ کا انتظام فرمادیں۔

کیا ؟ نصیرالدین نے حیرانی سے پوچھا۔

صرف ویزا اور ٹکٹ کا انتظام ــــ پاسپورٹ تیار ہے۔

نصیرالدین کا مُنہ کھُلنے کا کھُلا رہ گیا۔ اور وہ بجائے کانوں کے مُنہ سے سُننے لگے ۔ وہ نہیں جانتے تھے کہ اُنھیں کیا جواب دیا جائے۔

لڑکے کے باپ کی گونجیلی آواز سارے میں گونج رہی تھی۔ وہ کہہ رہے تھے، بھائی صاحب! آپ تو جانتے ہیں کہ میں شرع کی شادی کا قائل ہوں۔ مجھے ایک ماسہ سونا نہیں چاہیئے ۔لیکن میرے یہ سب کچھ کہنے سے کیا ہوتا ہے ۔ دُنیا کا کوئی باپ اپنی بیٹی کو خالی ہاتھ رخصت نہیں کرتا۔ آپ اپنی نورِ نظر اور لختِ جگر کو کچھ نہ کچھ دیں گے ہی ۔ لیکن اِس تعلق سے میری گزارش ہے کہ آپ کا جو بھی بجٹ ہے اُسے یوُں ہی ضائع مت کیجئے ۔ خواہ وہ بجٹ پچاس ہزار کا ہو یا پچہتر ہزار کا۔ گھر میں اللہ کا دیا سب کچھ ہے۔ پلنگ ، الماری، ڈریسنگ ٹیبل، ریفریجیٹر، کولر، ٹیلی ویژن اور ڈنر ٹیبل ــــ میری درخواست ہے کہ ان اشیاء پر فضول روپیہ خرچ کرنے کی بجائے نقد رقم عنایت فرمادیں۔ یہ رقم

آپ ہی کی نورِ نظر اور داماد کے کام آئے گی۔ اللہ تعالیٰ فرماتا ہے۔

آوازیں آ رہی تھیں۔ اور اب تک وہ جھکی جھکائی بیٹھی ہوئی سب سُن رہی تھی ـــ پسینہ میں شرابور۔ اُس کے خیالات کے سارے سلسلے ٹوٹ چکے تھے۔ اُس کے اطراف آوازیں ہی آوازیں تھیں۔ اسلام ـــ خدا ـــ نکاح ـــ شرعی شادی ـــ ویزا ـــ ٹکٹ ـــ پچاس ہزار ـــ پچہتر ہزار ـــ لڑکا بے حد شریف ہے۔ پانچ وقت کا نمازی ـــ نجمہ نے سچ کہا تھا کہ نکاح مسجد میں ہوگا۔ صرف ایک پیالی چائے پر۔

اکیلے میں شہزادی نے نجمہ کے گلے لگ کر سسکیاں لیتے ہوئے کہا، نجّو! کچھ ایسی دُعا کر کہ اللہ مجھے موت دیدے!

■■

سلام

مجھے سلام کرو ــــــ میں لکھ پتی ہوں۔

حالانکہ میں لکھ پتی نہیں ہوں۔ میں تو وہ قلاش انسان ہوں جس نے قدم قدم پر ٹھوکریں کھائیں۔ اور ہر قدم پر جسے لوگوں نے احساس دلایا کہ زندگی کی سب سے اہم اور قابلِ احترام شئے روپیہ ہے۔ روپیہ نہیں تو کچھ بھی نہیں۔ زندگی کی ساری بہاریں روپیئے سے ہیں۔ وہ سراسر جھوٹ ہے جس نے کہا تھا کہ زندگی ایک چاند سی عورت کے سوا کچھ بھی نہیں۔!

بھئی جیب میں اگر اصلی اور بجتی ہوئی چاندی ہو تو زندگی کے سارے اندھیرے چھٹ جاتے ہیں۔ اور دور دور تک روشنی پھیل جاتی ہے۔ پھر ایک عورت کیا کئی چاند جیسی عورتیں لہراتی اور بل کھاتی ہوئی ناچنے لگتی ہیں۔ صرف عورتوں پر ہی کیا موقوف ساری دنیا ایک رقاصہ کی طرح ناچنے لگتی ہے۔ چھم چھم چھا چھم ــــــ

واقعی یہ دنیا ایک رقاصہ ہی تو ہے۔

کبھی کبھی مجھے یوں محسوس ہوتا ہے جیسے میں کسی بڑے ریلوے اسٹیشن کے پلیٹ فارم پر کھڑا ہوا ہوں۔ آس پاس سینکڑوں نامعلوم چہرے ہیں اور اُن چہروں کی اپنی کئی آوازیں ہیں۔ کچھ بھی سمجھ میں نہیں آتا کہ کون کیا

کہہ رہا ہے۔ شور و غل سے کانوں کے پردے پھٹ رہے ہیں۔ لیکن اتنا ضرور ہے کہ ہر فرد کسی نہ کسی ٹرین کو کیچ کرنے کے لیے بھاگ رہا ہے کسی نہ کسی شہر کی طرف ـــــ چاندی کی تلاش میں۔ سونے کی تلاش میں۔ روپے کی تلاش میں اور اُن خوابوں کی تلاش میں جو بکھرے پڑے ہیں۔

خواب ایک ریفریجریٹر، ٹیلی ویژن اور آسمان سے باتیں کرنے والی عمارت کے۔ لہٰذا عمارت کی تعمیر کرو۔ اور عمارت کی تعمیر کے لیے زمین خریدو۔ زمین ایک ہزار روپے گز۔ دو ہزار روپے گز۔ تین ہزار روپے گز۔ دن بدن زمین کی قیمت بڑھ رہی ہے۔ ایسی سستی زمین پھر نہیں ملے گی۔ سنہرا موقع ہے۔ جتنی زمین ممکن ہو خرید لو۔ بلکہ ساری کی ساری خرید لو۔ دوسروں کے لیے ایک گز نہ چھوڑو۔ اور بنا ڈالو بڑی بڑی اُونچی اونچی عمارتیں۔ نجات اِسی میں ہے۔

میں پلیٹ فارم پر کھڑا ہوا سوچ رہا ہوں۔ نہیں اس وقت تو میں ہوائی اڈہ پر ہوں۔ میرے اطراف شور ہی شور ہے۔ سب باتیں کر رہے ہیں۔ مرد اور عورتیں۔ اِن میں سے کسی ایک کی آواز اُبھر کر کانوں سے ٹکرا رہی ہے ـــــ ڈارلنگ! میرے لیے ہیروں کا ہار لانا نہ بھولنا!

دوسری آواز، اب میں جا رہا ہوں۔ لیکن جب لوٹوں گا تو میری جیب میں ایک نئے تھیٹر کا بلو پرنٹ ہوگا۔ اور وہ تھیٹر شہر کا پہلا اور آخری خوبصورت تھیٹر ہوگا۔ تم دیکھ لینا۔ ایک ایک کو بتا دوں گا کہ میں کیا ہوں اور کیا کر سکتا ہوں!

تیسری آواز، ڈونٹ وری مائی ڈیئر۔ بس میں تین چار برسوں میں ہی

کورٹ جاؤں گی۔ تم بچوں کا خیال رکھنا۔ اور سنو جب میں واپس ہوں گی تو پھر تمھیں چھوڑ کر میں نہیں جاؤں گی۔ بس ہم ایک میٹرنٹی ہوم کھول لیں گے۔ تم اس کا اڈمنسٹریشن دیکھنا اور میں ڈیلیوری سائیڈ۔

چوتھی آواز، بیٹا! پہنچتے ہی اَسی ہزار کا ڈرافٹ بھیجنا۔ بس یہ آخری تکلیف تمھیں دے رہی ہوں۔ اس کے بعد باقی کون سی بہن بچی ہے جس کے لیے تمھیں کچھ کرنا ہوگا۔ اور سنو میرے لال! ڈرافٹ میرے ہی نام بھیجنا۔ تم تو جانتے ہی ہو نا اپنے باپ کی بُری عادتوں کو ——

قسم قسم کی آوازیں میرے کانوں سے ٹکرا رہی ہیں۔ میں سن رہا ہوں۔ لیکن ایک بڑے ہجوم کی تمام آوازوں کو سننا اور سمجھنا بے حد مشکل ہے۔ آواز کی لہریں کانوں کے پردوں سے ٹکرا کر دماغ میں ایک عجیب سا ارتعاش پیدا کر دیتی ہیں۔ جیسے کسی ریڈیو سیٹ سے ایک ساتھ گانے کی اور تقریر کی آوازیں آرہی ہوں۔ اور سمجھ میں نہ آئے کہ کون کیا کہہ رہا ہے۔ صرف ذہن کے کسی حصے میں ایک گھسا پٹا خالی ریکارڈ بجتا رہتا ہے۔ گھوں گھوں۔ گھوں، گھوں!!

میں سن رہا ہوں۔ ہجوم کے گھوں گھوں میں ایک آواز خالی ریکارڈ پر بجتی رہتی ہے۔ یہ آواز مجھ سے پوچھتی ہے، لیکن تم یہاں کیا کر رہے ہو —— تم —— تم —— تم!!

میں —— میں تماشہ دیکھ رہا ہوں!

لیکن تم کب تک تماشہ دیکھتے رہو گے؟

تو مجھے کیا کرنا چاہیے؟

وہی کرنا چاہیے جو دوسرے سب کر رہے ہیں۔ کب تک یونہی ہاتھ پہ ہاتھ دھرے

بیٹھے رہو گے!

بھئی غضب کرتے ہو۔ تمہارے خیال میں کیا میں بے کار اور فالتو آدمی ہوں۔ میں تو بڑے ٹھاٹ سے کمارہا ہوں۔ اسی لیے تو مہینے کے ختم پر اناج لاتا ہوں دودھ والے کو پیسے دیتا ہوں۔ اور مکان دار کا کرایہ ادا کرتا ہوں۔ یہی نہیں بلکہ بچوں کے اسکولوں کی فیس سے لے کر کینٹن کا حساب تک چکتا کرتا ہوں۔ اس سے زیادہ مجھے اور کیا چاہیئے۔ اگر نہیں کماتا تو یہ سب کچھ کیسے ہوتا۔ البتہ مہینے میں ایک بار اپنی بیوی کو دھوکہ دے کر سینما بھی چلا جاتا ہوں۔ اتنی تفریح کا حق تو ایک کمانے والے کو ملنا ہی چاہیئے، کیا خیال ہے تمہارا؟

گھوں گھوں ـــــ گھوں گھوں!!

ریکارڈ بجتا رہتا ہے ـــ ہاہاہا ـــــ ہاہاہا!!

کوئی قہقہہ لگاتا ہے۔ اور کہتا ہے، جانِ من! اِسے کمانا نہیں کہتے اور نہ جینا اس کا نام ہے۔ اِسے تو ایڑیاں رگڑ رگڑ کر اور سسک سسک کر مرنا کہتے ہیں۔ مہینے میں ایک بار سینما دیکھنے پر خوش ہو جاتے ہو، اس سے زیادہ دُکھ کی بات کیا ہو سکتی ہے۔

تو کیا مجھے رونا چاہیئے؟

بے شک ـــــ اور ساتھ ہی شرم سے پانی پانی ہو جانا چاہیئے۔

شرم ـــــ آخر کس بات کی۔ بھئی صاف صاف بتاؤ تم مجھ سے کیا کہنا چاہتے ہو!

اپنے چھوٹوں کو دیکھو ـــــ سب کچھ سمجھ میں آجائے گا۔ وہ بُدّن خاں تمہارے سامنے کا بچّہ آج لکھ پتی ہے۔ اور جس چُنّو میاں کو تم حقارت کی نظر

سے دیکھتے تھے۔ آج شہر کا ایک معزز آدمی ہے۔ اور اِمپالا میں گھومتا ہے، اور ایک تم ہو کہ ——

ریکارڈ بج رہا ہے۔ اور میں ہنس رہا ہوں۔ میری سمجھ میں ایک ایک بات آرہی ہے۔!

میں کہتا ہوں، مُبّن خاں اور چنّو میاں سے میں اچھی طرح واقف ہوں مگر یہ بتاؤ کہ یہ دونوں چور اور کالا دھندا کرنے والے شہر کے معزز آدمی کب سے بن گئے؟ تم میرا مقابلہ ان چور بازاریوں سے کر رہے ہو۔ واہ کیا قدر کی تم نے۔ ارے مثال دینا ہی ہے تو کسی شریف آدمی کی دو جس نے جائز آمدنی سے اِمپالا کار خریدی ہو یا بنگلہ تعمیر کیا ہو۔ اور میرا خیال ہے کہ کوئی شریف شخص ایمانداری کے راستے پر چلتا ہوا صرف فٹ پاتھ پر سے گزر سکتا ہے۔

لیکن ابھی ابھی مجھ پر زندگی کے ایک اہم راز کا انکشاف ہوا ہے۔ اور وہ یہ کہ میں لکھ پتی ہوں۔ اور چاہوں تو میں بھی ایک بنگلہ تعمیر کر سکتا ہوں اور کار میں گھوم پھر سکتا ہوں۔ لیکن میں یہ سب کچھ نہیں کرتا۔ اور صرف اس لیے کہ میں نے جان بوجھ کر اپنی حالت ڈال لی ہے۔ گویا سب کچھ ہوتے ہوئے بھی میں تفریحاً پیدل گھومتا ہوں۔ یا کرائے کے گھروں میں رہتا ہوں۔ بھئی جواب نہیں اِس تجزیئے کا۔ ابھی ابھی مجھ پر اِس خیال کا نزول ہوا ہے کہ میں لکھ پتی ہوں۔ بخدا چند لمحے پہلے میں اپنے بارے میں کچھ نہیں جانتا تھا۔ لیکن ابھی ابھی اس خیال سے میری رُوح کی اندھیری وادی میں سینکڑوں رنگ برنگی بلبس جل اُٹھے ہیں۔ جس طرح مُبدھ کو کسی درخت کے نیچے روشنی نظر آئی تھی اُسی طرح

مجھے بھی نظر آئی۔ میں بدھ تو نہیں بنا، البتہ لکھ پتی بن گیا ہوں۔

ابھی کچھ دیر پہلے کی بات ہے کہ میرے ایک عزیز دوست احمد علی نے مجھ کو میرے بارے میں بتایا کہ میں لکھ پتی ہوں۔ اور وہ اس طرح کہ میری اور میری بیوی دونوں کی تنخواہ جمع کی جائے تو سال میں پچاس ہزار روپے ہوتے ہیں۔ اور کمپیوٹر کی زبان میں یہ رقم دو سال میں ایک لاکھ روپے ہو جاتی ہے۔ اس کا مطلب یہ ہوا کہ میں لکھ پتی ہوں۔ اور وہ جو روز میں خرچ کرتا ہوں تو اس کا کوئی کیا کرے۔ اس میں میری اپنی لاپرواہی اور غیر ذمہ داری کو دخل ہے۔ مجھے چاہیئے کہ اپنے افراد خاندان کے ساتھ دو سال تک بھوکا رہوں۔ یا اگر یہ ممکن نہیں تو ہر تیسرے چوتھے دن برت رکھتا جاؤں۔ اور اپنا بنک بیلنس بڑھاتا جاؤں۔ پھر دیکھتے ہی دیکھتے لکھ پتی ـــــ کروڑ پتی!

بھئی اتنی آسان ترکیب پہلے سمجھ میں کیوں نہ آئی!

ابھی ابھی مجھ پہ الہام ہوا ہے۔

بھئی واہ احمد بھائی واہ۔ جواب نہیں تمہارا۔ جی چاہتا ہے کہ زوردار تالی بجاؤں۔ لیکن پتہ نہیں تم کیا سوچو۔ اس لیے چپ ہوں۔ مگر میری روح کی وادیوں میں گھنٹیاں بج رہی ہیں۔ میں لکھ پتی ہوں۔ میں کروڑ پتی ہوں۔

ـــــ مجھے سلام کرو!

▲▲

میرا گھر

میں ہابیل ہوں!

آدم کا بیٹا۔ اور دُنیا کا پہلا مقتول جسے اُس کے حقیقی بھائی قابیل نے قتل کیا تھا اور قتل کے بعد وہ سوچتا رہ گیا تھا کہ میری نعش کو کیا کرے۔

اُس کی حیرانی مجھے اب تک یاد ہے جیسے یہ کل کی بات ہو۔ قابیل کی پریشانی بڑھتی جارہی تھی اور وہ میری نعش کے سامنے بیٹھا سوچتا جارہا تھا کہ آخر اس قتل کو کیسے چھپایا جائے۔ لیکن اُس کی سمجھ میں کچھ نہ آیا۔ اور پھر یوں ہوا — یوں ہوا کہ ایک کوا کہیں سے اُڑتا ہوا آیا۔ اور اپنے ساتھی دوسرے کوّے کی نعش کو ایک گڑھے میں دبا دیا اور اوپر سے مٹی ڈال دی۔ قابیل نے بڑے غور سے یہ سب کچھ دیکھا۔ اور پھر اُس کے چہرے پر ایک ہلکی سی فاتحانہ مسکراہٹ پھیل گئی اور پھر اُس نے میری نعش کے ساتھ وہی سلوک کیا جو کوّے نے دوسرے کوّے کی نعش کے ساتھ کیا۔

انسانی تاریخ میں نعش کو چھپانے کی یہ پہلی کامیاب کوشش تھی اور یہ پہلا قتل تھا صرف ایک خوبصورت لڑکی کی خاطر۔ اور اس کے بعد یوں ہوا کہ جیسے ہی انسانی تہذیب نے جنم لیا، قتل کے واقعات بڑھنے لگے۔

مجھے یاد ہے اب قتل صرف عورت کو حاصل کرنے کے لیے نہیں کیا جاتا تھا

بلکہ اُس کے مقاصد میں وسعت پیدا ہوتی گئی۔ کبھی یہ قتل اپنے اور اپنے خاندان اور قبیلے کی جھوٹی شان اور ذاتی اَنا کو مطمئن کرنے کے لیے کیا جاتا تھا۔ اور کبھی نامعلوم یا معلوم بے فائدہ خداؤں کو خوش کرنے کے لیے اور کبھی۔ مجھے یاد ہے میرے ایک قتل کے بعد روز اِس کرۂ ارض پر ہزاروں قتل ہونے لگے۔ اور ہر قتل کے پیچھے قابیل تھا۔ اور پھر اس میں دن بدن، لمحہ بہ لمحہ اضافہ ہوتا گیا۔ لیکن عجیب سی بات یہ ہے کہ آج تک قابیل کو گرفتار نہیں کیا جاسکا۔۔۔ اور قابیل کھلے بندوں اِنسانی تہذیب کو رَوندتا ہوا آگے بڑھ رہا ہے اور قتل کے بعد اس طرح بچ نکلتا ہے کہ دُنیا کا کوئی وکیل اور کوئی جج اسے عدالت کے کٹھرے میں لاکر کھڑا نہیں کرسکتا۔ اور میں انصاف کے لیے پُکار پُکار کر یہ کہہ نہیں سکتا۔ مائی لارڈ' اُس نے مجھے قتل کیا ہے! صرف ایک لڑکی کی خاطر جب کہ وہ مجھے چاہتی تھی .. اور میں اُسے چاہتا تھا۔ ہم دونوں نے چاند اور سورج کو گواہ بناکر اس پھیلے ہوئے نیلے آسمان کے نیچے قسمیں کھائی تھیں کہ زندگی بھر ایک ساتھ رہیں گے، ایک ساتھ مَریں گے۔ لیکن ہماری یہ محبت اُس سے دیکھی نہ گئی۔ جھگڑا ہوا۔ دُنیا کا پہلا جھگڑا۔ ہم دونوں اپنے مقدّس باپ آدم کے سامنے پیش کیے گئے اور فیصلہ یہ ہوا کہ، ہم اپنی اپنی محنت سے حاصل کی ہوئی چیزیں خدا کے حضور میں پیش کریں۔ جس کی منّت قبول ہوجائے۔ جیت اسی کی ہوگی۔ اور لڑکی اُس کے حوالے کردی جائے گی۔

اس فیصلے پر میری خوشی کی حد نہ تھی۔ کیونکہ ہم دونوں ایک دوسرے کو چاہتے تھے اور مجھے یقین تھا کہ آسمانوں، زمینوں، دریاؤں، سمندروں اور پہاڑوں پر حکمرانی کرنے والا خدا ضرور انصاف کرے گا۔ اور میری منّت قبول کرے گا۔ چنانچہ یہی ہوا دیکھتے ہی دیکھتے آسمان پر بادل چھا گئے۔ بجلیاں چمکنے لگیں۔ گھرے اندھیرے

میں چمکتی ہوئی بجلیاں ایک عجیب سا منظر پیش کر رہی تھیں۔ جیسے کوئی اَن ہونے والی بات ہونے والی ہو۔ ایک ڈر اور خوف کا احساس اندر ہی اندر رینگ رہا تھا۔ جیسے چلتی ہوئی سانسیں یک دم رُک جائیں گی اور دھڑکتا ہوا دل اُچھل کر ہمیشہ کے لیے چپ ہو جائے گا۔ پھر آنکھوں کے سامنے ہزاروں کنڈل پاور کی تیز روشنی چمکی۔ اور دل اور رُوح کو ہلا دینے والی آواز کے ساتھ ہی بجلی کڑک کر اس مقام پر گری جہاں میں نے اپنی محنت کی چیزیں رکھی تھیں۔ بجلی کے گرتے ہی دو زانو ہو کر میں اللہ کے حضور میں جُھک گیا اور سجدہ میں جا کر اُس کا شکر ادا کیا کہ اُس نے میری منّت قبول کر لی۔

یہ میری پہلی فتح تھی۔ اور قابیل کی پہلی شکست!

لیکن قابیل نے اپنی شکست کو تسلیم نہیں کیا۔ بلکہ میرا خون بہا کر، مجھے دفن کر کے اُس نے اپنے انتقام کی پیاس بجھائی۔ اور اُس کے بعد سے اب تک میں برابر قتل ہوتا آ رہا ہوں۔ ہزاروں سال سے۔ اِس زمین کا چپہ چپہ میرے خون سے سرخ ہے۔ کبھی میں ایک عورت کے لیے قتل کیا گیا۔ کبھی سونے کے ایک تار کے لیے۔ اور کبھی روٹی کے ایک ٹکڑے کے لیے۔ قابیل ہزاروں سال سے میرا پیچھا کرتا آ رہا ہے۔ اور میں تاریخ اور تہذیب کے اونچے اونچے محلوں اور قلعوں کے سامنے سے ہوتا ہوا یہاں تک پہنچا ہوں۔ صرف ایک روٹی اور ٹھنڈے پانی کی تلاش میں۔ لیکن کہیں بھی آسانی سے مجھے روٹی نصیب نہیں ہوتی۔ سخت جدوجہد اور پسینہ بہانے کے بعد ایک آدھ سوکھی روٹی مل گئی تو مل گئی ورنہ فاقہ میرا مقدر ہے۔ سوکھی روٹی نگلتے ہوئے حلق زخمی ہو چکا ہے۔ اور دانت اسے چباتے چباتے اپنی جڑیں چھوڑ چکے۔

جہاں بھی میں جاتا ہوں وہ چپکے سے میرے پیچھے آتا ہے۔ اور مجھے قتل

کر کے بھاگ جاتا ہے۔ لیکن اب وہ مجھے گڑھے میں دفن نہیں کرتا۔ بلکہ نعش کو قانون کی نظروں سے چھپانے کے لیے اُس نے نئی نئی ترکیبیں ایجاد کر لی ہیں۔ اب وہ میری نعش کو کسی تالاب یا بدبُودار گندے میں پھینک آتا ہے اور کبھی کسی ریلوے لائن پر اس طرح رکھ دیتا ہے کہ دیکھنے والوں کو خودکشی کا شُبہ ہو۔ یا نہیں تو کسی دس بارہ منزلہ عمارت کی بلندی سے نیچے کی طرف اس طرح لڑھکا دیتا ہے کہ لوگ یہ سمجھیں کہ یہ صاف صاف خودکشی ہے یا پھانسی کے پھندے پر نعش کو اِس طرح لٹکا دیتا ہے کہ پولیس حیران رہ جائے۔

میں ہابیل ہوں۔ دُنیا کا وہ پہلا مقتول جو ہزاروں سال سے قتل ہوتا آرہا ہے۔ لیکن جس نے کبھی قابیل سے ہار نہیں مانی۔ میں بھی بڑا عجیب ہوں۔ بڑا ہی عجیب جو اپنے کٹے ہوئے سَر کو دونوں ہاتھوں سے پکڑا ہوا دُنیا کو دکھا رہا ہے کہ دیکھو مجھے فلاں ابن فلاں نے قتل کیا ہے۔ اس سے زیادہ اور ثبوت کیا چاہیے کہ میرا کٹا ہوا سر آپ کے سامنے پیش ہے۔ میں دنیا جہاں کی تمام عدالتوں اور ججوں کے سامنے اپنا بیان دے رہا ہوں کہ میرا قاتل، قابیل ہے۔ پکڑو ــــ اسے پکڑو ــــ ابھی ابھی اُس نے مجھے قتل کیا ہے!

میں اُس شخص کو نہیں بھلا سکا جس نے زمین پر چند لکیریں کھینچ کر کہا تھا کہ یہ میری ہے! اور وہیں سے شخصی اور اجتماعی ملکیت

کا جھگڑا شروع ہوتا ہے۔ اور دُنیا کا دوسرا قتل اِسی بات پر ہوا۔ دوسرے قتل میں، میں ہی مقتول تھا اور قاتل وہی۔ پہلے تو اُس نے مجھ سے میری محبوبہ چھین لی۔ اور بعد میں مجھے اِس زمین پر سے یہ کہہ کر ہٹا دیا کہ یہ میری ہے۔ میں بھلا اُس کمینے اور ذلیل ترین شخص کو کیسے بھلا سکتا ہوں جس نے مجھ سے میری ہر شئے چھین لی۔ اور مجھے نامعلوم راستوں کے حوالے کر دیا۔ لیکن میں ابھی تک ہارا نہیں ہوں کیونکہ مجھے بھی زندہ رہنے کی خواہش ہے۔ میں بھی چاہتا ہوں کہ دوسروں کی طرح مجھے بھی ہنستی بولتی اور مُسکراتی ہوئی زندگی ملے۔ میرا بھی صاف ستھرا اور اچھا گھر ہو۔ اور میں اپنی بیوی اور بچوں کو ایک خوش حال زندگی دے سکوں۔ لیکن کہاں ہے وہ گھر ـــــ اور کہاں ہے وہ کمرہ جہاں بیوی مُسکراتی ہوئی میرے لیے چائے لے کر آئے۔

میں اُسی کمرے اور گھر کی تلاش میں بھٹک رہا ہوں۔ اور ہر دن یہی سمجھتا ہوں کہ شاید زندگی کا وہ خواب پورا ہو جائے۔ یہی نہیں بلکہ ہر رات میرے کانوں میں یہ خوش خبری سُنا کر چلی جاتی ہے کہ اُٹھو: اُٹھو ـــ صبح ہو رہی ہے۔

لیکن اُٹھنے کے بعد پتہ چلتا ہے کہ صبح ضرور ہوئی ہے مگر اندھیرا جوں کا توں باقی ہے اور یہ اندھیرا قابیل کا پھیلایا ہوا ہے۔ اور جس کے ناپاک قدموں کے نِشان زندگی کے ہر راستے پر واضح ہیں۔ اور میں سوچتا ہوں کہ جیت کس کی ہوئی؟ قابیل کی یا میری! قاتل کی یا مقتول کی۔! سچ کی یا جھوٹ کی؟ میری سمجھ میں کچھ بھی نہیں آتا۔

ہزاروں سال انسانی تاریخ اور تہذیب کی شاہراہوں سے گزرنے کے بعد مَیں چوراہے پر کھڑا سوچ رہا ہوں۔ اور مجھے یُوں لگتا ہے کہ جیسے میرا عقیدہ، میرا ایمان، میری فکر، اور میری روح زخمی ہوگئی ہے۔ اور میرے پاس خود اپنے آپ سے کہنے کے لیے کچھ بھی باقی نہیں ہے۔ اور یہ لمحہ کسی بھی آدمی کی زندگی کے لیے بڑا ہی نازک اور خطرناک ہوتا ہے جب وہ تنہائی میں خود اپنے آپ سے بات نہ کرسکے۔ خود سے ہار جانے کے بعد وہ کسی سے جیت ہی نہیں سکتا۔ آج تک مَیں قابیل سے اس لیے لڑتا رہا کہ میں سمجھتا تھا کہ ایک دن آئے گا۔ ایک دن جب میں قابیل کو شکست دوں گا اور دُنیا کو دکھا دوں گا کہ قابیل ایک ناپاک رُوح اور گندے جسم کا نام ہے۔ اور ناپاک جسم اور گندی روحیں ختم ہوجاتی ہیں۔ اور اِن پر قہرِ خداوندی نازل ہوتا ہے۔ لیکن آج میرا ایمان اور عقیدہ زخمی ہوگیا ہے۔

اب کہنے کو کچھ بھی نہیں ہے مجھے معلوم ہے کہ دُنیا جہاں کے سارے حوروں کو ڈس، ملکوں کے قوانین، دانشوروں اور مُفکروں کے فلسفے اور سارے مذاہب کی مقدس کتابیں میری تائید میں ہیں اور دوسری طرف تنہا قابیل ہے۔ اس کے باوجود قابیل کو اب تک کوئی گرفتار نہ کرسکا۔

ایک بار میں پھر دُنیا جہاں کی تمام عدالتوں سے درخواست کرتا ہوں کہ وہ قابیل کو گرفتار کرلیں۔ اُس نے پھر میرے چھوٹے سے گھر کو تہس نہس کردیا ہے۔ صبح صبح جب میں اپنی جھونپڑی سے نکلا تو سب کچھ ٹھیک ٹھاک تھا۔ چلتے وقت بیوی نے روکھی سوکھی روٹی چٹنی کے ساتھ میرے

ہاتھ میں تھمادی اور بڑی بیٹی نے تمباکو سے بھری چلم دی۔ چھوٹے بچے خوشی خوشی کچھ دُور میرے پیچھے دوڑتے ہُوے آئے اور میری ڈانٹ پر پھر لَوٹ گئے۔ دن بھر میں اپنے کھیت میں جو قابیل کے یہاں رہن ہے، ہل چلاتا رہا۔ تنہا تنہا۔ وہاں کوئی نہ تھا۔ سوائے اُن دو بیلوں کے جو میرا دُکھ درد سمجھتے تھے۔ کھا پی کر کچھ دیر سستانے کے بعد ہل چلاتے ہوے جب میں نے اُن سے پوچھا، للّو بجّو! آخر کب تک ہم قابیل کی غلامی کرتے رہیں گے۔ کیا کبھی وہ دن آئے گا جب ہم اس کھیت کے پھر سے مالک بن جائیں۔

میری بات سُن کر دونوں بَیل چلتے چلتے رک گئے۔ ایک لمحے کے لیے انھوں نے مجھے غور سے دیکھا اور پھر اپنی لمبی لمبی زبانیں نکال کر میرے ہاتھوں کو چاٹنے لگے۔ اس کا مطلب تھا کہ یقیناً وہ دن آئے گا۔ آج تک جو جواب کسی انسان نے نہیں دیا وہ مجھے اُن دو بے زبان جانوروں سے مل گیا۔ انھوں نے میری زبان سمجھی اور میں نے ان کی۔ اس جنم اور اور اپنی اس عمر میں پہلی بار خوشی خوشی دوڑا دوڑا گھر آیا تاکہ میں اپنی بیوی کو یہ خوشخبری سُنا دوں کہ ایک دن آنے والا ہے۔ ایک دن جب ہم اپنی زمین اور اپنے کھیت کے مالک بن جائیں گے۔ ایک دن ـــــ لیکن گھر میں قدم رکھتے ہی میں نے محسوس کیا کہ جیسے کوئی طوفان میرے گھر سے ہو کر گزر چکا ہے۔ ہر شئے ٹوٹ پھوٹ کر بکھر چکی تھی۔ اور میری جوان بیوی جسے سورج کی پہلی کرن کے ساتھ ہی میں نے چھوڑا تھا، بوڑھی ہو چکی ہے۔ میں نے دیکھا اُس کے چہرے

پر جھریاں ہیں۔ اور اُس کے سر کے تمام بال سفید ہو چکے ہیں۔ مَیں نے اُسے دیکھا۔ اُس نے مجھے دیکھا۔ لیکن ایسے جیسے وہ مجھے جانتی ہی نہیں۔ بس ایک سکتے کی کیفیت میں بیٹھی ہوئی تھی۔ میں نے کہا، بتاؤ وہ کون تھا جس نے میرے گھر کو تباہ کر دیا۔ بیوی صرف مجھے گھور رہی تھی۔ بچّے رو رہے تھے۔ اُن سے میں نے پوچھا، بتاؤ کیا ہوا؟

میرے چھوٹے چھوٹے بچوں نے روتے ہوئے صرف اتنا ہی کہا

دیدی ___ دیدی / تہذیب

کیا ہوا دیدی کو؟

میں نے دیکھا، میری بڑی لڑکی جس کی ابھی حال حال میں میں نے منگنی طے کروائی تھی گھر سے غائب ہے۔ بچّے رو رہے تھے لیکن

کہاں ہے وہ؟

میری سوچ اور فکر کے تمام چشمے منجمد ہو کر برف بن چکے تھے، پھر بھی میں کسی نامعلوم قوت کے زیرِ اثر جھونپڑی سے باہر نکل پڑا۔ اور میں نے دیکھا کہ شام کے پھیلے ہوئے اندھیرے میں تمام جھونپڑیوں پر ایک آسیبی سناٹا چھایا ہوا ہے۔ اور سب گھروں کے دروازے اندر سے بند ہیں۔ میں نے اپنے پڑوسی کھیت مزدور کے دروازے کو زور زور سے کھٹکھٹایا اندر سے جھانکتے ہوئے اُس نے بڑی مشکل سے دروازہ کھولا اور ڈرتے ڈرتے مجھے بتایا کہ قابیل کے پانچ آدمی ایک ویان میں آئے تھے۔ اور ہر ایک کے ہاتھ میں ایک اسٹن گن تھی۔ ایک شخص کار ہی میں اسٹن گن لیے بیٹھا رہا۔ باقی چار اندر گئے اور بڑی دیر تک چیخنے کی، رونے کی اور سسکیوں کی

آوازیں آتی رہیں ۔ ایک کے بعد ایک یعنی چاروں نے میری بیوی کو خراب کیا۔ اور پھر میری لڑکی کے مُنہ میں کپڑا ٹھونس کر اُسے باہر لائے اور وہاں میں بٹھلانے کے بعد ہوائی فائیر کرتے ہوئے کار کو سٹارٹ کیا۔ اور پھر کار ہوا سے باتیں کرتی ہوئی قابیل کی حویلی کی طرف مُڑگئی !

اب میں کیا کہوں۔ ویسے کہنے کو باقی ہی کیا بچا ہے۔ میں اپنی ہار تسلیم کرتا ہوں۔ مقدّس باپ خاموش ہے ۔ میرا عقیدہ اور ایمان زخمی ہوچکا ہے اور جب آدمی کا ایمان زخمی ہوجاتا ہے تو اُس کی موت واقع ہوتی ہے اور میں ـــــ میں مر رہا ہوں۔

■■

پاسٹ والی گلی

پاس والی گلی شمسان پڑی ہے!
سورج طلوع ہونے کو ہے مسجد سے اذاں کی آواز بلند ہو رہی ہے اور روز کی طرح موذن اعلان کر رہا ہے کہ خدا بڑا ہے بہت بڑا اور میرے تھکے ہوئے قدم آہستہ آہستہ قبرستان کی طرف اُٹھ رہے ہیں!
میرے ساتھ غفور ہے، نسیم ہے اور نہ جانے کون کون ہیں۔
میں قبرستان کے کنارے کھڑا ہوا ہوں!

صبح کا ہلکا ہلکا ملگجی اُجالا چاروں طرف پھیل رہا ہے۔ قبرستان کا تکیہ دار میرے سامنے کھڑا ہے۔ ابھی ابھی وہ اپنے گرم گرم بستر سے برآمد ہوا ہے اور اپنی آنکھیں ملتے ہوئے مجھے کچھ اس طرح حیرانی سے دیکھ رہا ہے جیسے اُسے یقین نہیں آرہا ہے کہ کوئی اُس کے سامنے کھڑا ہے۔ اُس کے چہرے پر بہت ہی ہلکی اور غیر محسوس سی مسکراہٹ ہے۔ مسکراہٹ جو کہتی ہے، اللہ تیرا شکر ہے۔ لاکھ لاکھ شکر ہے۔ صبح صبح تو نے میرے دروازے پر ایک گاہک کو بھیج دیا۔ سچ ہے واللہ خیر الرازقین!
لیکن وہ اپنی مسکراہٹ اور خوشی پر قابو پاتے ہوئے انجان بن کر پوچھ رہا ہے

فرمایئے۔ کیا بات ہے؟

بھئی! بات کیا ہو سکتی ہے۔ آپ کے یہاں تو سب ایک ہی مقصد سے آتے ہیں۔ زمین چاہیئے۔ کیا کوئی زمین ہے؟

زمین! وہ مجھے اپنی تیز اور چبھتی ہوئی نگاہوں کی ترازو میں تول رہا ہے اور تول تول کر مجھ سے پوچھ رہا ہے، کیا کسی کا انتقال ہوا ہے؟

اور نہیں تو کیا زندہ انسانوں کو بھی آپ کے قبرستان میں دفن کیا جاتا ہے!

میں پوچھ رہا ہوں۔

غفور کہہ رہا ہے، بھائی! چھوڑیئے، آپ کیوں خفا ہوتے ہیں!

میں خفا کہاں ہو رہا ہوں، میں تو پوچھ رہا ہوں، وہ قبرستان کہاں ہے جہاں زندہ انسانوں کو دفن کیا جاتا ہے؟

غفور ابھی نہیں جانتا یا شاید اُس نے تکیہ دار کی بات پر غور ہی نہیں کیا، زمین کس کے لیے چاہیئے، زندہ انسان کے لیے یا میّت کے لیے؟

اگر میّت کے لیے تو بتایئے کہ وہ شخص کون تھا؟ کہاں رہتا تھا، اور زندگی میں کس عہدے پر فائز تھا؟

نگاہیں بار بار مجھ پر اُٹھ رہی ہیں اور مجھے تول رہی ہیں!

گورکن کہہ رہا ہے، حضور! یہاں تو قسمت والوں کو زمین ملتی ہے!

لیکن زمین کہاں ہے؟

زمین ڈھونڈو، زمین کی تلاش کرو۔ یہاں جو دفن ہوا اُس پر جنّت کے سارے دروازے کھُل جاتے ہیں۔ قسمت والوں کو یہاں کی زمین نصیب ہوتی ہے لیکن کہاں ہے زمین۔ یہاں تو صرف قبریں ہی قبریں ہیں۔ چھوٹی بڑی، کچّی پکّی۔ ٹیڑھی میڑھی۔۔۔

بیٹھی ہوئیں۔ مُنہ کھولی ہوئیں!

اِن قبروں میں سونے والے مَرد اور عورتیں کون تھے، کیا تھے اور زندگی میں اُنھوں نے کیا کیا کارنامے انجام دیئے؟ کچھ پتہ نہیں چلتا۔ قبروں پر اُن کے نام کے کتبے نصب ہیں اور بعض قبریں تو اس سے بھی محروم ہیں لیکن یہاں بھی کوئی جگہ نہیں۔ آگے بڑھو ــــ آگے بڑھو ــــ شاید کوئی جگہ مل جائے ــــ شاید ــــ بھئی اُدھر دیکھو ــــ اُدھر، یہ جگہ خالی ہے ــــ

گورکن دیکھ رہا ہے!

اور کہہ رہا ہے حضور! میں قبر تو کھودتا ہوں لیکن یہاں اگر کوئی اور قبر نکل آئی تو پھر مجھے دوسری جگہ کھودنی پڑے گی، دوسری جگہ بھی کوئی قبر ہو تو تیسری جگہ۔ بعض وقت تو سرکار ایک قبر کے لیے کئی جگہ قبر کھودنی پڑتی ہے ــــ ذرا میرا خیال رکھئے۔

غفور کہہ رہا ہے، تم فکر مت کرو۔ تمہیں مُنہ مانگے پیسے دیئے جائیں گے۔

تو پھر حضور آپ اطمینان سے جائیے۔ قبر آپ کو وقت پر تیار ملے گی!

تکیہ دار اور گورکن کے چہرے پر طمانیت ہے اور اُن کی آنکھوں میں عجیب سی اور بے نام سی چمک جو کہہ رہی ہے، واللہ خیر الرازقین!

بابو اچھا خاصا تھا! صبح صبح جب میں گھر سے نکلا تو وہ اپنی موٹر سائیکل کو صاف کر رہا تھا اور اُس کا لڑکا واجد اُسے اسٹارٹ کرنے کی کوشش کر رہا تھا۔ مَیں نے واجد کو ڈانٹ پلائی اور کہا، تم بڑے نالائق ہو۔ اتنی وزنی گاڑی کو کیا تم چلاؤ گے؟

دیکھتے نہیں سڑکوں پر کتنے ایکسیڈنٹ ہو رہے ہیں!

بابو مُسکرایا!

وہ ہمیشہ مُسکراتا تھا لیکن اس بار اُس کی مُسکراہٹ میں بڑی جان تھی کہ مَیں نے

اُس کے چہیتے کی اچھی خبر لی اور اس نے مجھے یوں دیکھا جیسے کہتا ہو، آپ ہی اِسے ٹھیک کر سکتے ہیں۔ میری تو یہ مانتا نہیں!

اور جب وہ خود اسٹارٹ کرنے لگا تو مَیں نے کہا" آپ لائق کہاں تشریف لے جا رہے ہیں۔ کتنی بار میں نے کہا اسے ہاتھ مت لگاؤ۔ یہ موٹر سائیکل نہیں، سو سال پہلے کی بنڈی ہے جو تمھاری کمپنی نے تمہیں دی ہے اور جسے ڈھکیلنے کے لیے دو گھوڑوں کی قوت چاہیے اور ایک تم ہو کہ ــــ اس بار بابو پھر مُسکرایا!

جیسے کہتا ہو، آپ بہت ڈرتے ہیں۔ میں تیز کہاں چلاتا ہوں۔ آپ بے فکر رہیے کچھ نہیں ہوگا!

میں غصے میں بڑبڑاتا ہوا گھر سے نکلا اور جب رات کے نو بجے گھر پہنچا تو مَیں نے دیکھا، دالان کے بیچوں بیچ تخت رکھا ہے۔ تخت پر میّت ہے۔ اور میّت پر سفید چادر پڑی ہُوئی ہے۔ اور سرہانے اگربتیاں جل رہی ہیں اور میّت کے اطراف خاندان کی عورتیں بیٹھی ہوئیں قرآن کی تلاوت کر رہی ہیں۔

مَیں چیخا اور چیختا رہا کہ یہ کیسے اور کیونکر ہوا؟

سُنا کہ وہ ایک دن کی رخصت پر تھا، اطمینان سے کھا پی کر وہ دو بجے کسی کام سے باہر نکلا۔ واپسی میں گھر سے کوئی ایک فرلانگ دُور لمبی سڑک پر گزرتا ہوا گھر آ رہا تھا کہ اس کی موٹر سائیکل رُک گئی۔ اُتر کر وہ کنارے پر گاڑی لے آیا اور اسٹارٹ کرنے کے لیے اُس نے پہلی کِک لگائی۔ دوسری کِک پر ایک جھٹکے کے ساتھ وہ نیچے گر پڑا۔ راستے سے گزرنے والے اُسے نیم بے ہوشی کی کیفیت میں گھر لے آئے۔ تین بج کر پندرہ منٹ پر اُسے دواخانے میں شریک کرایا گیا۔ اور پانچ بج کر تیس منٹ پر اُس نے آخری سانس لی ــــ!

دو گھنٹے پینتالیس منٹ میں یہ سب کچھ ہوگیا!

میت میرے سامنے تھی۔ میت میرے سامنے ہے۔

مَیں چیخا ــــ اور چیخ کر اُس کی میت پر جھکتے گرتے ہوئے میں نے چادر سرکائی۔ مَیں نے دیکھا، اُس کے چہرے پر وہی مسکراہٹ ہے جو صبح مَیں نے دیکھی تھی۔ ہونٹوں کے بیچ میں سے ایک سفید دانت چمک رہا تھا جیسے وہ مجھ پر ہنس رہا ہو، اور کہہ رہا ہو، آپ پھر پریشان ہونے لگے۔ مجھے ہُوا ہی کیا ہے۔ مَیں تو سو رہا ہوں!

خاندان کی عورتیں اور مَرد مجھے تھام رہے ہیں اور کہہ رہے ہیں ــــ یہ مشیتِ ایزدی ہے!

یہ کیسی مشیت ایزدی ہے جس نے واجد، مجاہد اور غیور سے اس کے باپ کو اور عین جوانی میں طاہرہ سے اس کے شوہر کو چھین لیا۔ آخر ان سبھوں نے کیا قصور کیا تھا جس کی سزا قدرت نے انھیں یہ دی ــــ اور ان کے سر پر پھیلے ہُوئے نیلے آسمان کو ہمیشہ کے لیے ہٹا دیا! اور خود اُس نے کیا قصور کیا تھا!

سینتیس سال کی عمر بھی کوئی مَرنے کی عمر ہوتی ہے۔

لیکن میت میں شریک ہونے والی ہر عورت اور مَرد کے حلق میں صرف ایک ٹیپ ریکارڈ فِٹ ہے کہ وقت آگیا تھا۔ مگر خدا کے پہنچے ہُوئے خاص بَندو یہ تو بتاؤ کہ تمھیں اس وقت کی کس نے اطلاع دی تھی۔ کیا آسمان سے کوئی فرشتہ زمین پر اُترا تھا اور اس نے تمھارے گھر کا دروازہ کھٹکھٹا کر تمھیں بتایا تھا کہ فلاں ابن فلاں پانچ کر تیس منٹ پر اِس جہاں سے رخصت ہونے والا ہے۔

میں تو کہتا ہوں کہ بالو کو قتل کیا گیا ہے اور اس قتل میں ایک دو نہیں کئی افراد کا ہاتھ ہے۔ وہ رات کے دو دو تین تین بجے اُٹھ کر شہر کے دُور دُور مقامات کے ملک بھر

پر جاتا تھا اور دیکھتا کہ دودھ میں کتنا پانی ملایا جارہا ہے۔ حالانکہ مَیں کہتا تھا دودھ میں پانی نہیں بلکہ پانی میں دودھ ملایا جارہا ہے لیکن وہ میری بات ہی نہیں سُنتا تھا اور لوگوں پر بھروسہ کرلیتا تھا۔ یہی اس کی بھُول تھی اور یہی اُس نے غلطی کی تھی۔ بھئی! اپنے لیے بھی تو زندہ رہو یہ کیا تُک ہے کہ دن رات خدمتِ خلق میں گھومتے ہو۔ مَیں پوچھتا ہوں بابو کہاں ہے؟

بابو یہاں ہے۔ بابو وہاں ہے۔ خاندان اور خاندان سے باہر ہر شخص کے دکھ درد اور خوشیوں میں حصّہ لے رہا ہے اور سب سے آگے آگے ہے جیسے یہ اُس کی براہِ راست ذمہ داری ہے اور اب بابو کہاں ہے؟

بابو میرا رشتہ دار نہیں تھا۔ سگا نہیں تھا۔ وہ میرا باپ تھا۔ نہیں میرا بیٹا تھا، جسے مَیں نے گود میں اٹھایا۔ لیکن اُس نے کبھی میری بات نہیں مانی۔ مَیں بھونکتا ہی رہ گیا ٹائیگر کی طرح!

ٹائیگر بابو کا کتّا تھا جسے ایک دن وہ خوشی خوشی نجانے کہاں سے اُٹھالایا۔ بادامی رنگ کا اُس کان کھڑے ہوئے اپنی سُرخ سُرخ آنکھیں چمکا چمکا کر سب کو دیکھنے والا ٹائیگر ہوبہو خرگوش کی طرح تھا جو کسی بچّے کے ہاتھ نہیں آتا تھا۔

لیکن اپنے مالک کو دیکھتے ہی اس کی گود میں آکر بیٹھ جاتا۔ دو مہینے کے بچے کو بابو نے دُودھ پلا پلا کر بڑا کیا۔ اور جب ذرا بڑا ہوا تو اُس کی غذا ہی بدل دی گئی۔ بڑے بڑے چونچلے ہُوئے اُس کے۔ یہاں تک کہ ہفتوں، مہینوں اور سال بھر میں وہ ایک اُونچا پورا جوان مَرد بن گیا ـــــ پھر اُس کے لیے پکّی اینٹوں کا کمرہ بنایا گیا۔ سردی سے بچانے کے لیے موٹے ٹاٹ کا فرش بچھایا گیا۔ صرف ادلن کی بلانکٹ کا انتظام باقی تھا ـــ

مَیں خفا ہوتا۔ اور کہتا یہ تم نے کیا عذاب پال رکھا ہے۔ تمھاری لائق اولاد اپنا پڑھنا لکھنا چھوڑ کر اس کے پیچھے لگی ہُوئی ہے اور تم یہ تماشہ دیکھ رہے ہو!

جواب میں وہ مُسکرا دیتا!

لیکن بعد میں، مَیں نے خفا ہونا چھوڑ دیا!

کیوں کہ مَیں نے محسوس کیا کہ ٹائیگر ہمارے گھر کی ایک ضرورت بن گیا ہے۔ دن میں کوئی فرد اپنا ویزا اور پاسپورٹ دکھائے بغیر گھر کی چوکھٹ میں قدم نہیں رکھ سکتا تھا اور رات میں وہ ایک فوجی سپاہی کی طرح کندھے پر بندوق رکھے پہرہ دیتا رہتا اور ایک ہلکی سی آہٹ پر لپکتا!

میں بھی مطمئن تھا کہ ٹائیگر گھر کی حفاظت کر رہا ہے۔ اس لیے بڑے اطمینان سے بڑی رات کو گھر لوٹتا۔ ہلکی سی آہٹ پر بھوں، بھوں کرتا ہوا جب وہ لپکتا تو مَیں کہتا " ٹائیگر! میں ہوں مَیں"

تب وہ بڑے پیار سے غُرغُر کرتا ہوا میرے پیروں سے لپٹنے کی کوشش کرتا ___ اور میرے شوز پر اپنا سر رکھ دیتا۔"

میں کہتا، "ٹائیگر! یہ چوچلے مجھ سے نہیں، اپنے مالک سے کرنا۔ ہٹو ___ دور ہٹو!

وہ ساتھ ساتھ میرے کمرے میں آتا اور پھر میرے شوز پر اپنا منہ رکھتا!

میں اُسے ڈانٹ پلاتا۔ ٹائیگر! پھر تم نے بدتمیزی شروع کی! وہ کہتا 'بدتمیزی کیسی مالک! مَیں تو آپ کے جوتوں کے لیس کھول رہا ہوں!

میں نے ٹائیگر کو کبھی کوئی ٹپ نہیں دی اور نہ کبھی اُس کی طرف کوئی ہڈی پھینکی، لیکن اس کے باوجود وہ میرا بڑا ادب کرتا تھا۔ اور ایک آواز پر خاموش ہو جاتا تھا۔ کیوں کہ اُسے معلوم تھا کہ میں اُس کے مالک کا بڑا بھائی ہوں!

ایک رات مَیں جب گھر پہنچا تو مجھے گھر کی انگنائی سونی سونی سی لگی۔ وہاں ٹائیگر نہیں تھا۔ پوچھنے پر معلوم ہوا کہ ٹائیگر اب اس دُنیا میں نہیں ہے۔ ساری رات مَیں بستر پر کروٹیں بدلتا رہا۔ جیسے مجھ سے میری اپنی کوئی قیمتی شئے چھین لی گئی ہے!

مجھ سے اچھا تو میرے بھائی کا کُتا ٹائیگر تھا جو اپنے مالک کی موت سے پہلے ہی اِس

دُنیا سے چلا گیا۔ جانے اُسے کیا دُکھ تھا جو وہ آدھی آدھی رات کو اُٹھ کر روتا تھا۔ کیا اُسے بھی معلوم ہوگیا تھا کہ میرا بھائی ــــ

ٹائیگر بھی چلا گیا اور مجھے میرے اپنے دوستوں اور چاہنے والوں نے تنہا چھوڑ دیا۔ کسی نے اس پر غور ہی نہیں کیا کہ میرے ساتھ ساتھ کسی کو رہنا چاہیئے اور یہ اچھا ہی ہوا۔ اب مَیں آزادی کے ساتھ سنسان سڑکوں اور ویران گلیوں میں گھوم رہا ہوں۔ رات کا ایک بج چکا ہے۔ دو بج چکے ہیں۔ تین بجنے والے ہیں مَیں گھوم رہا ہوں۔ مجھے ٹائیگر کی یاد آرہی ہے۔ اگر ٹائیگر ہوتا تو وہ بھی میرے ساتھ ساتھ دوڑتا رہتا۔ اور اپنی لمبی ناک کو آگے کی طرف کرتے ہُوئے سونگھ کر بابو کے قاتلوں کا پتہ لگانے میں میری مدد کرتا اور اُن گھروں کی نشاندہی کرتا جہاں قاتل چھُپ کر بیٹھ گئے ہیں۔

لیکن ــــ لیکن ٹائیگر نہ ہوا تو کیا ہوا۔ مَیں اُس کے بغیر بھی یہ کام انجام دوں گا اور ایک ایک قاتل کو پکڑ کر اُس سے حساب کتاب چکتا کردوں گا لیکن کہاں ہیں وہ قاتل؟

مَیں سنسان سڑکوں اور ویران گلیوں میں گھوم رہا ہوں۔ تین بج چکے ہیں۔ میرے بھائی بابو کی میت گھر میں پڑی ہے!

قبر کھُد رہی ہے۔ قبرستان کے اندر ـــ!

قبر کھُد چکی ہے۔ قبرستان کے باہر ـــ!!

زندہ اور مُردہ انسانوں کو قبروں میں اتارا جارہا ہے۔ میرے بھائی بابو کو قبر میں اُتار دیا گیا ہے۔ پاس ہی ماں کی قبر ہے۔ مَیں ماں کی قبر کے کنارے کھڑا ہوا ایک بچے کی طرح پھوٹ پھوٹ کر رو رہا ہوں، لوگ کہہ رہے ہیں کہ مَیں اپنے بھائی کا چہرہ آخری بار دیکھ لوں۔ مَیں دیکھ رہا ہوں میرے بھائی بابو کے چہرے پر وہی مُسکراہٹ ہے جو مَیں نے کل دیکھی تھی۔ پرسوں دیکھی تھی جیسے وہ کہتا ہو 'آپ رو کیوں رہے ہیں۔ آخر

مجھے ہوا کیا ہے ؟ مَیں تو سو رہا ہوں !

تیزی کے ساتھ پھاوڑا چلنے لگا ہے ۔ اور دیکھتے ہی دیکھتے قبر مٹی سے بھر دی جاتی ہے ۔ پھر سب باری باری مٹھی مٹھی بھر مٹی قبر پر ڈالتے ہیں ۔ اس کام سے فارغ ہونے کے بعد سب کی نظریں میری طرف اٹھتی ہیں ۔ مٹی دیجئے ۔ مٹی دیجئے ۔ کوئی کہتا ہے ۔

نہیں مَیں اپنے بھائی پر مٹی نہیں ڈالوں گا ۔ مَیں اندر سے گویا چیخ اٹھتا ہوں اور میرا دل اچھل کر جیسے میرے مُنہ میں آجاتا ہے ۔ لیکن کوئی مجھے تھام کر قبر کی طرف جھکا دیتا ہے اور مَیں مٹھی بھر مٹی اٹھا کر قبر پر ڈال دیتا ہوں ، سُنا کہ مٹی ڈالنا اور قبر میں اُتارنا دونوں ثواب کے کام ہیں ۔

سورج غروب ہونے کو ہے ۔ آہستہ آہستہ قدم اُٹھاتا ہوا مَیں گھر تک پہنچ گیا ہوں ۔

پاس والی گلی سنسان پڑی ہے اور گلی کے کُتے خاموش ہیں ! ■■

دمڑی کا مرد

وہ دمڑی کا مرد تھا!

اور وہ دمڑی کی عورت! اِن دونوں میں وہی ازلی اور اَبدی تعلق تھا جو دنیا کے پہلے آدم اور حوّا میں تھا۔ فرق صرف اِتنا تھا کہ حوّا کو آدم کی پسلی سے بنایا گیا تھا لیکن یہاں بطورِ خاص اللہ میاں نے دمڑی کے مَرد کو دمڑی کی عورت کی پسلی سے بنایا تھا۔ اس لئے دمڑی کا مَرد ہُو بہُو اپنی عورت کی کاربن کاپی معلوم ہوتا تھا۔ شاید اسی لئے وہ دَمڑی کی عورت کے دماغ سے سوچتا۔ اس کی آنکھ سے دیکھتا اور اس کی زبان سے بولنے کی کوشش کرتا اصل میں اس کی اپنی ذاتی کوئی شئے نہیں تھی۔ اگر تھی بھی تو اُس نے اُسے اپنی عورت کے یہاں رہن رکھدی تھی۔ بلاشبہ وہ سو فیصد دمڑی کا مرد تھا۔

دمڑی کے مرد کا کوئی نام نہیں تھا۔ اگر تھا بھی تو لوگ اُس کے سرکاری یا خانگی نام کو بھُول چکے تھے اور نئی نسل تو اِس بات سے واقف ہی نہیں تھی کہ اس کا بھی کوئی نام تھا اور یوں بھی اس نے کبھی اپنے نام کی ضرورت ہی محسوس نہیں کی۔ وہ دمڑی کی عورت کے شوہر کی حیثیت سے مشہور تھا اور وہ اُس پر فخر کرتا تھا کہ وہ فلاں بنت فلاں کا شوہر ہے!

عام طور پر بیویاں اپنے شوہروں کے نام سے پُکاری جاتی ہیں۔ بیگم فلاں ابن فلاں یا مسز فلاں ـــــ لیکن دمڑی کا مرد اپنی بیوی کے نام سے پکارا جاتا تھا۔ مسٹر فلاں بنت فلاں کا شوہر ـــــ مسٹر سو اینڈ سو ـــــ ہسبینڈ آف سو اینڈ سو!!

دمڑی کے مرد کی تاریخ اور جغرافیہ دونوں اندھیرے میں تھے البتہ محلے کے ایک دو بوڑھے زندہ تھے جو اس کے ماں باپ سے واقف تھے اور اُن کا کہنا ہے کہ شادی کے فوری بعد وہ اپنے آبائی مکان کو چھوڑ کر فادر اِن لا یعنی سُسر کے گھر منتقل ہوگیا اور اُس کے بعد کبھی اُس نے اپنی بوڑھی ماں اور باپ کی طرف پلٹ کر نہیں دیکھا۔ ایک بار باپ نے ملنے کی کوشش کی تو اُس نے صاف صاف کہہ دیا کہ وہ اُس کے لئے کچھ نہیں کرسکتا اور نہ یہ اُس کی ذمّہ داری ہے۔

ماں باپ ہوئے تو کیا ہوا۔ کیا اولاد اس لئے پیدا کی جاتی ہے کہ اُس سے سود در سود وصول کیا جائے۔ کم از کم فارن میں تو ایسا نہیں ہوتا۔ بوڑھے ہوتے ہی اُنھیں ریسٹنگ ہاوز بھیج دیا جاتا ہے لیکن یہاں اپنے ملک میں ـــــ توبہ!!

ایک بار بڑی بیوہ بہن ملنے کے لیے آئی تو اُس کی بیوی نے اُسے اپنے گھر میں قدم رکھنے نہیں دیا۔ لہٰذا باہر جاکر فٹ پاتھ پر اُس نے اپنی بہن سے ملاقات کی اور سخت لہجے میں اپنی بہن سے اُس نے کہہ دیا کہ وہ آئندہ اُس سے ملنے نہ آئے کیوں کہ اس کی آمد سے اُس کی پوزیشن اور شخصیت پر بُرا اثر پڑتا ہے!

بہن کیا کہتی، سکتے کے عالم میں آنکھیں پھاڑ کر اُسے یوں دیکھتی رہ گئی جیسے اُسے اپنے کانوں پر یقین نہ آیا ہو اور جب یقین آیا تو وہ اُلٹے پاؤں لوٹ گئی اور پھر کبھی پلٹ کر نہ آئی۔

دمڑی کے مرد نے خود اپنی شادی کرلی اور ماں باپ نے بڑے نام عام مہمانوں کی طرح شرکت کی کیونکہ اس شادی میں اس کی پسند کو دخل تھا۔ شادی سے پہلے وہ اپنی سویٹ ہارٹ کے پیچھے لگا تا مہینوں اور برسوں گھومتا رہا۔ آخر ایک دن سویٹ ہارٹ کے باپ کو اُس پر رحم آگیا اور اُس نے اپنی بیٹی کا ہاتھ اُس کے ہاتھ میں دیتے ہوئے کہا کہ آج سے یہ تمھاری ہے۔

جس کا مطلب تھا کہ اب تم اس ایرکنڈیشنڈ بنگلے، چمکتی ہوئی کار اور آدھے درجن نوکروں کے مالک بن گئے ہو۔ یہی نہیں بلکہ بنک کی پاس بک کے مالک بھی جو اسٹیل الماری میں محفوظ ہے۔ ہاؤ لکی یو آر!

دوسری طرف اُس نے اپنی بیٹی سے کہا "بے بی! کیا ہرج ہے۔ اگر تم اُسے قبول کر و میرا خیال ہے اس سے اچھا اور خاموش شوہر تمہیں نہیں ملے گا۔ جیسے کوئی سہیلی بڑے رازدارانہ انداز میں اپنی کسی سہیلی کو یہ پُرخلوص مشورہ دے۔ کہ رکھ لے گھر میں اسے ـــــ کوئی چیخ پکار نہیں ہوگی۔

دمڑی کے مرد کو اپنی پسند پر ناز تھا۔ اس کے خیال میں اس کی بیوی سے زیادہ حسین اور کوئی عورت اُس پاس میں نہیں تھی اور جہاں تک ذہانت کا تعلق تھا اُس کی بیوی لاکھوں میں ایک تھی۔ ٹام ٹام کالج نے آج تک ایسی ذہین طالبہ کو پیدا نہیں کیا!

وہ بات بات پر اُن پروفیسوں کے حوالے دیتا جنھوں نے اُس کی بیوی کی کلاس روم میں تعریف کی تھی اور پھر یوں خوش ہوتا جیسے پروفیسروں نے اُس کی بیوی کی نہیں بلکہ اس کی تعریف کی ہو!

پہلے تو جوان عورت اور اس پر حُسن کچھ نہ پوچھئے۔ بس اس کے مُنہ سے رال

ٹپکنے لگتی اور وہ آپ ہی آپ بڑبڑاتا۔ ہاؤ سویٹ شی اِز۔ ہاؤ سویٹ!
اور یہ کہتے ہوئے اُس کے چہرے پر اُجالا پھیل جاتا!

وہ دُبلا پتلا اور اوسط قد کا تھا لیکن جہاں حسین عورتیں ہوتیں وہ ہیرو بننے کی کوشش کرتا اور فلمی ڈائیلاگ بولتا "ہاؤ سویٹ ــــ ونڈرفل ــــ مارولس۔
کبھی آدھی انگریزی اور کبھی آدھی اُردو سے وہ کام چلا لیتا۔

حسین عورت اُس کے نزدیک زندگی کی سب سے بڑی سچائی تھی۔ جہاں جہاں اُسے حسین عورت نظر آتی وہ اندر ہی اندر اُچھل پڑتا۔ خواہ وہ حسین عورت اُس کے دوست کی بہن ہو یا بیوی۔ ہر حسین عورت کو چاہنا وہ اپنا پیدائشی حق سمجھتا تھا اس لیے وہ ہر اُس شخص کو اپنا دوست بنالیتا یا اُس کا دوست بن جاتا جس کی بیوی حسین ہوتی!

بھابی ــــ بھابی!
کہتے ہوئے وہ کبھی اپنا مُنہ نہیں سُکھاتا!

کبھی اپنے دوست کی بیوی کو اپنی کار میں لفٹ دیتا اور کبھی کار لے کر دوست کے گھر چلا جاتا تاکہ پکنک کے لیے اس کی فیملی کو لے جاسکے۔ یہی نہیں وہ وقتاً فوقتاً اپنی مُنہ بولی بھابیوں کے لیے جیب سے پیسے بھی خرچ کرتا رہتا اور اس دوران اگر اُس کے کسی پیارے دوست کا انتقال ہوجاتا تو پُرسے کے ساتھ اپنی عزیز بھابی کی خدمت میں اپنا محبت نامہ بھی پیش کردیتا اور کہتا کہ وہ اپنے عزیز مرحوم دوست کی ذمہ داری کو سینے سے لگانے کے لیے تیار ہے۔

دمڑی کی عورت کو اپنے شوہر کی اُس ہابی کا علم تھا لیکن اس تعلق سے اُس نے کبھی اپنے شوہر سے کچھ نہیں کہا۔ صرف اس لیے کہ وہ اپنے شوہر سے پوری طرح مطمئن

تھی: وہ جانتی تھی کہ وہ اس سے آگے بڑھ نہیں سکتا۔ کیوں کہ اُس کی ہر شئے اُس کے پاس رہن تھی۔ اگر اتنا بھی وہ نہ کرنے تو کیا کرے بے چارہ۔ اِس لیے وہ بڑے پیار سے شوہر کو گھر میں چھوڑ کر سوشیل کاموں میں مصروف ہو جاتی۔ اس کے پبلک انگیجمنٹ کا یہ حال تھا کہ آج یہاں پارٹی تو کل وہاں ڈِنر ــــــ اور پرسوں شہر کے باہر پکنک۔

اگر کبھی اُسے وقت مِل جاتا اور اُس کا شوہر اپنی سوئیٹ ہارٹ یعنی اُس کے قریب ہونے کی کوشش کرتا تو وہ ایک بلّی کی طرح غرّا کر پنجہ مارتی اور پھر جمائی لے کر تھکی تھکی آواز میں کہتی، "یُو ناٹی" سِلی بوائے ــــــ ڈونٹ ڈسٹرب می۔

اپنی بیوی کے اس ریمارک پر وہ خوش ہو جاتا اور اِس لیے کہ انگریزی کے مشہور ناولسٹ ڈی۔ ایچ۔ لارنس کے ناول کی ہیروئن بھی اسی انداز اور لب و لہجے میں اپنے شوہر سے بات کرتی تھی!

'سِلّی بوائے' پیار کا نام تھا جو اُس نے شوہر کو دیا تھا اور یہ نام اُس نے اس وقت استعمال کیا تھا، جب وہ شادی سے پہلے کسی اور کو چاہتی تھی لیکن سِلّی بوائے کا اصرار تھا کہ وہ اس کی ہو جائے یا اُس کو اپنالے۔

چنانچہ وہ اُس کی ہو گئی!

آخر اِس میں بُرائی کی کیا بات تھی۔ شادی کا فیصلہ تو اس کا اپنا تھا آخر کچھ تو نئی بات ہو اور ایک دن وہ نئی بات ہُوی اور وہ یہ کہ شادی کے چھ مہینے کے اندر اندر وہ ایک لڑکی کا باپ بن گیا۔ چھ مہینے۔ جب کہ اس دُنیا کے لاکھوں اور کروڑوں انسان اِس منزل پر تو نو مہینے کے ختم پر پہنچتے ہیں۔ اور وہ چھ مہینے میں پہنچ گیا۔ آخر ہُوی نا کچھ تو نئی بات! ــــــ

اپنی اکلوتی لڑکی کو وہ بے حد چاہتا تھا۔

وہ اپنی ماں کی طرح ذہین اور حسین تھی ویسے اُس کا قد اس کی طرح اوسط تھا لیکن کھڑی ناک پروفیسر جیمس کی تھی۔ روشن بڑی بڑی آنکھیں مسٹر بستہ والا کی تھیں، رنگ فرہاد آسمانی کا تھا اور آواز نور محمد کی تھی۔

نُور محمد گھر کی کار کا ڈرائیور تھا۔ مسٹر بستہ والا تاج محل بنک کا جنرل منیجر تھا۔ پروفیسر جیمس ٹام ٹام کالج میں پولیٹکل سائنس پڑھاتا تھا۔ اور فرہادِ آسمانی شہر کا سب بڑی ہوٹل اور بار کا مالک تھا!

وہ ایک کی نہیں سب کی بیٹی تھی!

یہی نہیں وہ سب کی طبیعتوں کا مجموعہ تھی، اپنی ماں سے اُس نے بات کرنے کا سلیقہ حاصل کیا تھا۔ نور محمد سے تیزی اور کسی کو اوورٹیک کر کے آگے بڑھ جانے کا جذبہ فرہادِ آسمانی سے بہترین غذائیں اور اچھی شراب پینے کا ذوق، پروفیسر جیمس سے فنِ خطابت اور مسٹر بستہ والا سے کمپیوٹر سے زیادہ تیز نوٹوں کی گنتی کا آرٹ!

یہ نئی لڑکی اِس صدی کا معجزہ تھی۔ اور حقیقی معنوں میں یہ نئی تھی۔ ابھی حال حال میں اس نے اپنی عمر کی اُنیس بہاریں ختم کر کے بیسویں سال میں قدم رکھا تھا۔ برتھ ڈے پارٹی میں شہر کے بڑے بڑے لوگوں نے شرکت کی اور چند نوجوان اپنی قسمت آزمانے آئے تھے لیکن اس نئی لڑکی نے کسی کو لفٹ نہیں دی۔

ویسے اب تک چار بوائے فرینڈ اس کی اُنیس سالہ زندگی میں آ کر جا چکے تھے۔ لیکن آج ——

آج جو بوائے فرینڈ اس کی لڑکی سے ملنے آرہا تھا وہ ــــ وہ ــــ!!
وہ اُسے پسند نہ تھا۔ حالانکہ اس سے پہلے کبھی اس نے اپنی اکلوتی لڑکی کو پچھلے چار بوائے فرینڈس پر اعتراض نہیں کیا تھا۔ وہ روشن خیال تھا اور سمجھتا تھا کہ لڑکیوں کو اس بات کی آزادی ہونی چاہیے کہ وہ اپنے لائف پارٹنر کو دیکھ کر سمجھ کر منتخب کریں۔ لیکن وہ ــــ وہ تو اس کی بیوی کا بوائے فرینڈ رہ چکا تھا تو پھر یہ بات اُسے کچھ عجیب سی معلوم ہُوئی ــــ پہلے ماں ــــ پھر بیٹی!!
اس اُلجھن کو اُس کی پیاری اور چہیتی بیوی نے فوراً نوٹ کرلیا اور پھر بڑے لاڈ سے اُس کے گلے میں باہیں ڈالتے ہُوئے کہا "ڈیر ڈارلنگ! یہ تم کیا دقیانوسی باتیں سوچ رہے ہو۔ غور کرو زمانہ کدھر سے کدھر نکل گیا اور تم اب تک ــــ! یاد ہے پرسوں ہم نے ڈی ایچ لارنس کی جو ناول پڑھی تھی اُس کے ہیرو نے کیا کہا تھا؟
کیا کہا تھا؟
یہی کہا تھا کہ کوئی قدر مستقل اور مستحکم نہیں۔ سب قدریں اضافی ہیں۔ آل ریلیٹیو ویلیوز کم از کم پڑھے لکھے آدمی کو چاہیے کہ اپنا ویژن بڑا رکھے۔
اس کے ساتھ ہی اُس کے پیارے شوہر کے دماغ میں ایک روشنی سی چمکی اور اُسے سب کچھ یاد آگیا۔ ہاؤ سوئیٹ شی اِز کوئی مارولس! پھر اُس نے اپنی سوئیٹ ہارٹ سے کہا "سوری مائی ڈیر!"
پھر دونوں میاں بیوی یعنی دمڑی کا مرد اور دمڑی کی عورت اپنی اکلوتی لڑکی کو بنگلے میں اکیلا چھوڑ کر باہر نکل گئے تاکہ وہ اپنے پانچویں بوائے فرینڈ کو اچھی طرح سمجھ سکے!!

■■

دو منٹ کی خاموشی

دو منٹ کی خاموشی، اُس کی یاد میں جو یہاں اور وہاں سے گزرا، در جس کے گزرنے سے ہی یادوں کے قافلے چلتے چلتے رُک گئے اور جس کا چہرہ ذہن کی اندھیری کھائی سے اُبھر کر میرے سامنے آگیا۔

موٹی ناک، پھولے ہوئے گال اور موٹے ہونٹوں کے پیچھے میلے کچیلے دانت۔ آنکھوں کا ذکر اس لیے نہیں کہ ایسے چوڑے چکلے والے چہرے پر چھوٹی چھوٹی آنکھیں نہ ہونے کے برابر تھیں۔ اس سے دو بار مُلاقات ہوئی اور دونوں وقت میں نے یہی محسوس کیا کہ وہ اپنی ہنسی کی فضول خرچی کر رہا ہے ___ بغیر کسی بات اور وجہ کے کھلکھلا کر ہنس دینا یا قہقہہ لگانے کا آخر کیا مطلب ہو سکتا ہے!

پہلی بار وُہ مجھے بیل معلوم ہوا۔ اور دوسری بار اُلو کا پٹھا لیکن اب مجھے یُوں محسوس ہوتا ہے جیسے وہ بے وقوف نہیں تھا بلکہ ہم سب کو بے وقوف بنا کر چلا گیا ___!

میرے ایک اخبار نویس دوست کے ساتھ وہ گھر آیا!

اندھیری گلی میں ایک لمبی چوڑی جگمگاتی ہوئی کار زن کے ساتھ میرے گھر کے سامنے رُکی تو میں حیران رہ گیا۔ میں خواب میں بھی یہ دیکھ نہیں سکتا تھا کہ

ایسی کوئی شاندار کار میری گلی میں اور میرے گھر کے سامنے آکر رُک سکتی ہے۔ یقیناً کوئی بھولا بھٹکا کسی کا پتہ پوچھنے کے لیے مجھ تک آ پہنچا۔ لیکن جب میں نے اپنے اخبار نویس دوست کو دیکھا تو میری غلط فہمی دُور ہوگئی۔ وہ یقیناً مجھ سے ہی ملنے کے لیے آیا تھا۔ پورے اخلاق کا مظاہرہ کرتے ہُوئے میں نے اُس کا استقبال کیا۔ اور اُسے بیٹھنے کے لیے اپنی پُرانی کُرسی پیش کی۔

میرے دوست نے اُس کا تعارف کراتے ہُوئے کہا' یہ ہیں مست قلندر صاحب سوشل ورکر ۔۔۔

میں چونکا اور مسکراتا ہوا اپنے دوست سے پوچھا۔ سوشل ورکر اور اس کار میں ۔۔۔!

مست قلندر نے قہقہہ لگا کر میرے جرنلسٹ دوست سے کہا' آپ کا رائٹر دوست بہت ہی معصوم معلوم ہوتا ہے۔

اس ریمارک پر میرا دوست ہنسا اور اُس نے مست قلندر سے کہا' اسی لیے تو اس چھوٹے سے گھر میں رہتا ہے۔

لیکن اب چھوٹا گھر' چھوٹا گھر نہیں رہے گا بلکہ ایک بنگلے میں تبدیل ہو جائے گا آپ دیکھتے جائیے۔ اب آپ کا دوست کہاں سے کہاں پہنچ جائے گا اور جب ہم کسی کو دوست بنا لیتے ہیں تو ہم اس کے لیے سب کچھ کرنے کو تیار ہو جاتا ہے۔ آپ تو جانتے ہی ہیں نا ۔۔۔!

میں نے کہا، بہت بہت شکریہ۔ لیکن بتائیے تو میرے لائق کیا خدمت ہے۔

میرے دوست نے مجھے بتایا کہ مست قلندر کی شخصیت اور اُس کے کارناموں پر مجھے ایک کتاب لکھنی ہوگی۔

لیکن میں ـــــ میں تو قلندر صاحب کو جانتا ہی نہیں۔ آج پہلی بار میں مل رہا ہوں۔ میں بھلا کیا لکھ سکتا ہوں۔

میرے اس ریمارک پر مست قلندر نے قہقہہ لگایا اور ڈبیہ میں سے ایک چٹکی ناس اپنے دونوں نتھنوں میں دبا کر کہا، رائٹر صاحب، آپ بہت کچھ لکھ سکتے ہیں رائٹر کا کمال تو یہی ہوتا ہے کہ وہ زمین اور آسمان کو ملا دے۔ مجھ سے ملاقات نہیں ہوئی تو کیا۔ اب ہوئی ہے۔ لکھ ڈالیے لیکن ذرا مرچ مسالہ لگا کر۔ سمجھ گئے نا آپ! بس چٹنی کا مزہ آجائے۔ اور جب کتاب پرنٹ ہو کر بازار میں آجائے تو پبلک میں دھوم مچ جائے۔

لیکن میں ـــــ میں!

لیکن ویکن کچھ بھی نہیں رائٹر صاحب۔ بس اللہ اور رسول کا نام لے کر لکھنا شروع کر دیجئے ہم کل پھر آئیں گے۔ اور سُنئے۔ پیسوں کی فکر مت کیجئے مگر چیز نمبر ون ہو۔ چٹنی جیسی ـــــ

دوسری صبح مقررہ وقت پر دونوں آئے۔ مگر میں چٹنی تیار کرنے کے لیے خود کو کسی حال راضی نہ کر سکا۔ میں نے معذرت چاہی۔ مست قلندر حسبِ عادت ہنسا۔ میں نہیں جانتا اُس کی ہنسی کا کیا تُک تھا۔ بہر حال ہنستے ہنستے اُس نے کہا، رائٹر صاحب۔ آپ بڑے سیدھے سادھے آدمی ہیں۔ دیکھئے دُنیا کدھر سے کدھر چلی گئی ـــــ اور آپ ـــــ بھئی اپنے قلم سے فائدہ اُٹھائیے ـــــ

شکریہ ـــــ میں نے کہا، لیکن قلندر صاحب یہ قلم میرا اپنا کہاں ہے یہ تو عوام کا دیا ہوا ہے جو میرے ہاتھ میں ہے۔ پھر میں اس امانت میں کیسے خیانت کر سکتا ہوں؟

اِس بار مست قلندر کھلکھلا کر ہنس پڑا۔ اور اپنے دونوں نتھنوں میں ناس انڈیلتے ہُوئے بولا، مان گئے رائٹر صاحب آپ کو ——— ایک اچھا آئیڈیا آیا ہے ہم کو۔ سُنئے ——— آپ کے نام پر بھی حرف نہیں آئے گا اور میرا کام بھی ہوجائیگا آپ کی لکھی ہُوئی کتاب ہم اپنے اِس پٹھے کے نام سے چھپوا لیتے ہیں۔ کیا خیال ہے آپ کا! اُس نے میرے جرنلسٹ دوست کے کندھوں کو تھپتھپاتے ہُوئے پوچھا۔ ۔

ونڈرفل آئیڈیا ——— میرے دوست نے اوپر ہاتھوں کو اُٹھاتے ہُوئے کہا۔

میں نے کہا، نہیں۔ یہ بھی ایک بڑی بددیانتی ہوگی۔ خود لکھنا یا دوسروں کو لکھ کر دینا ایک ہی بات ہے۔ میں بھوکوں مرنا پسند کروں گا لیکن ایسا کام مجھ سے نہیں ہوگا۔ مجھے معاف کیجئے ——

مست قلندر پھر ہنسا اور چلتے چلتے بولا، کوئی بات نہیں رائٹر صاحب، مَیں کسی اور رائٹر سے لکھواؤں گا۔ بازار میں رائٹروں کی کمی نہیں ہے۔ لیکن آپ لکھتے تو مزہ آجاتا چٹنی جیسی کوئی چٹ پٹی چیز ——— مگر رائٹر صاحب جب کبھی آپ کا خیال پلٹے آپ اِس خادم کو ضرور یاد کرلیجئے ——

وہ دن ——— اور آج کا دن ———

مَیں سوچتا ہوں!

جانے کتنے دن، مہینے اور برس اِس بیچ میں سے گزر گئے۔

کل اور آج کے درمیان بہتے ہُوئے وقت کے خاموش سمندر کی رفتار کا مَیں اندازہ ہی نہیں کرسکا۔ معلوم نہیں مست قلندر۔ اس عرصہ میں کیا کیا کرتا رہا۔ اور وہ کیسے ایک سوشل ورکر سے شہر کا بڑا نیتا بن گیا ——

آج صبح کے اخبارات پڑھ کر میں حیران رہ گیا ----

پہلے صفحے پر اُس کی تصویر چھپی ہے اور جلی حرفوں میں اُس کی موت کی خبر بھی ــــ لکھا ہے کہ وہ ایک تجارتی معاہدہ پر دستخط کرنے کے لیے سات سمندر پار گیا تھا۔ دستخط کے بعد اُس رات اپنے دوستوں کو اُس نے ایک شاندار ہوٹل میں ڈِنر دیا۔ کھانے کی میز پر اُس کی طبیعت بگڑ گئی۔ اور پھر اُس نے وہیں اپنی زندگی کی آخری سانس لی۔ اوراب اُس کی میت ہوائی جہاز سے شہر میں لائی جارہی ہے ــــ دکانیں دھڑا دھڑ بند ہو رہی ہیں ــــ

مَیں چائے پینے کے لیے ہوٹل میں قدم رکھ رہا ہوں لیکن ہوٹل کا بوائے کہتا ہے، نہیں صاحب ــــ چائے کی آج سپلائی نہیں ہے۔ آپ نے اخبار میں پڑھا نہیں۔ قلندر بابا اللہ کو پیارے ہوگئے۔

مگر یہ قلندر بابا کون تھے؟

کون تھے۔ آپ کو اتنا بھی نہیں معلوم؟

بوائے نے میری جہالت کو دُور کرتے ہوئے کہا، ارے صاحب یہ تو بہت بڑے لیڈر تھے۔ اس کے علاوہ شہر کے سارے ہوٹل والے ان ہی کے یہاں سے چائے کی پتّی خریدتے تھے ــــ

اچھا ــــ اچھا ــــ آگے بڑھ کر میں نے آٹو رکشا کو آواز دی۔ لیکن آٹو والے اور ٹیکسی والے نے چلنے سے انکار کردیا۔ کیونکہ قلندر بابا ٹیکسی اسوسی ایشن سے قریبی تعلق رکھتے تھے اور ان کی اپنی ٹرانسپورٹ کمپنی کی کئی لاریاں سڑکوں پر آدھی رات سے صبح تک دوڑتی رہتی تھیں۔ دوڑتی رہتی ہیں۔ اور سوگ میں اُنھوں نے اپنا کاروبار بند رکھا ہے۔

مجھے یہ سب کچھ نہیں معلوم تھا۔ میں تو اتنا ہی جانتا تھا کہ مست قلندر، سٹے اور شراب کے اڈّوں کا مالک ہے۔ اور دوسرے شہروں میں اس کے اپنے گھوڑے ریس کے میدانوں میں دوڑتے رہتے ہیں لیکن اب میری معلومات میں اضافہ ہوا ہے۔

جب تھک ہار کر میں فٹ پاتھ پر کھڑا ہوگیا تو میں نے دیکھا، میرے پڑوسی مولانا شریف احمد بہت ہی تیز تیز قدموں سے آگے بڑھ رہے ہیں۔ اُنھیں سلام کرتے ہُوئے میں نے پوچھا، مولانا خیریت تو ہے ؟ کیا بات ہے۔ آپ بے حد پریشان نظر آتے ہیں ؟

مولانا نے ایک لمحے کے لیے رُک کر کہا، آپ کو معلوم نہیں ——— قلندر بابا کا وصال ہوگیا !

کون قلندر بابا ——— کیا آپ اُن سے واقف ہیں ؟

واقف کیا میرے بھائی ——— ایسا اچھا آدمی میں نے آج تک نہیں دیکھا بَس فرشتہ تھے فرشتہ۔ چاند بی بی مسجد میں ایک بار اُنھوں نے تقریر کی۔ سیدھی سادھی زبان میں اور اُنھوں نے وہ وہ رمُوز و نکات پیش کیٔے کہ بس سُبحان اللہ۔ اور تعمیرِ مسجد کے لیے میری درخواست پر فوراً پانچ ہزار کا چیک لکھ کر دے دیا۔ اللہ اللہ کیسے اچھے اچھے لوگ اُٹھتے جا رہے ہیں ———

یہ کہہ کر مولانا پلٹے اور جاتے جاتے بولے 'اُسی جنّتی کی میّت کو کندھا دینے جا رہا ہوں۔

مجھے مولانا کی شرافت اور اُن کی معصُومیت پر رحم آگیا۔ میں نے سوچا کہ یہ لوگ کتنے پیارے اور کتنے اچھے ہیں۔

اب میں فٹ پاتھ پر کھڑا ہوگیا ہوں !

اسکول کے بچّے اور کالج کے اسٹوڈنٹ گھروں کو لوٹ رہے ہیں۔ سُناکہ اُنھیں چھٹّی ہوگئی ہے۔کیونکہ قلندر بابا، کسی نہ کسی اسکول اور کالج سے کسی نہ کسی حیثیت سے متعلق تھے۔ کہیں چیرمین، تو کہیں آنریری سکریٹری اور کہیں ــــ حالانکہ ان کی علمی قابلیت صفر سے آگے نہ تھی۔ ویسے کام چلانے کے لیے اُنھوں نے اُردو اور انگریزی زبان میں دستخط کرنا سیکھ لی تھی۔

میں اخبار پڑھ رہا ہوں!

تمام اخباروں کے صفحات ان کی سادہ، درویشانہ اور بے مثال زندگی کے کارناموں سے پُر ہیں، لیکن کہیں بھی اُن کی جائز اور ناجائز بیویوں کا ذکر نہیں جو اُنھوں نے ہر شہر میں چھوڑ رکھی تھیں۔

ایک اخبار لکھتا ہے کہ قلندر بابا ساری ساری رات قوم کی فکر میں آنسو بہاتے تھے۔ دوسرے اخبار کا خیال ہے کہ قلندر بابا کے ساتھ تہذیب، شرافت اور وضعداری کا دَور ختم ہوگیا۔ تیسرا اخبار کہتا ہے کہ قلندر صاحب دورِ حاضر کے بڑے فلسفی، مُدبّر، دانشور اور ادیب تھے۔

یہ کیا بکواس ہے ــــ میں جھنجھلا کر اخبار پھینک دیتا ہوں!

اور مست قلندر اخبار کی تصویر کے چوکھٹے سے نکل کر میرے سامنے کھڑا ہوجاتا ہے۔ اور اپنے میلے کچیلے دانتوں کی نمائش کرتے ہوئے وہ قہقہہ لگاتا ہے اور کہتا ہے رائٹر صاحب! آپ خفا کیوں ہوتے ہیں۔ اگر آپ نے میری تعریف میں کچھ نہیں لکھا تو کیا ہوا۔ کسی اور نے لکھ دیا مگر آپ کے لیے اب بھی ایک چانس ہے۔ میرے کسی بھی ایجنٹ سے مل لیجئے۔ مَیں اپنے پیچھے سینکڑوں، ایجنٹوں کو چھوڑے جارہا ہوں، وہ اڈوانس ہی نہیں بلکہ مُنہ مانگی قیمت دیں گے۔ مگر چیز نمبر ون ہو

ذرا چٹپٹی ـــــــ چٹنی جیسی ـــــ!

میں نے کہا، بکو مت۔ میں تمہاری تعریف میں ایک لفظ نہیں لکھوں گا۔ اگر زندگی کبھی فرصت دے تو پھر میں تمہارے کالے دھندوں کے بارے میں لکھوں گا اور عوام کو یہ بتاؤں گا کہ تم نمبر وَن کے اسمگلر، چور، اُچکے اور غنڈے تھے۔ اور بتاؤں گا کہ کیسے تم نے معصوم لوگوں کو دھوکا دیا۔

سڑکوں پر ہزاروں غم زدہ افراد جمع ہو گئے ہیں تاکہ اپنے محبوب رہنما کے جلوسِ جنازہ میں شرکت کر سکیں۔ جلوس آگے بڑھ رہا ہے اور لوگ کندھا دینے کے لیے ایک دوسرے پر سبقت لے جانے کی کوشش کر رہے ہیں۔ چاروں طرف انسانی سَروں کا ٹھاٹھیں مارتا ہوا سمندر ہے ـــ

مَیں اِس ہجوم میں تنہا کھڑا یہ سب کچھ دیکھ رہا ہوں!

■■